中国小学生
成长速读故事

总策划／邢涛　主　编／龚勋

U0640367

培养小学生

的

真诚善良
品德故事

PEIYANG XIAOXUESHENG
ZHENCHENG SHANLIANG DE
PINDE GUSHI

汕头大学出版社

前言
FOREWORD

一个好故事改变孩子一生

童年对人的一生影响巨大，在这一时期，孩子的性格、生活习惯和处事方式都会在潜移默化中逐渐形成。如何培养孩子优秀的人格，提升他们的智商、情商、创造力等，是很多教育家和家长关心的问题。

为了在孩子们心里播撒智慧和美德的种子，我们编写了这套《中国小学生成长必读故事》。这套书共六册，主题鲜明，内容丰富。我们用生动活泼的语言向孩子们讲述一个个故事，这些故事或富含哲理，或饱含真情，或幽默风趣，能让孩子们在阅读中有所感悟，对他们的成长有所启发和教益。

阅读可以开拓视野，丰富内心，提升修养，相信孩子们会从这套书中汲取精神的养料，茁壮成长。

目录

CONTENTS

几万朵玫瑰拯救了几万人的生命，因为它们代表着爱与和平。

把玫瑰送给侵略者

文/古保祥

1942年5月的一天，希特勒的大军即将进攻巴黎。有个叫洛希亚的卖花姑娘连夜将店里的玫瑰分发给巴黎市民，还让他们第二天早晨捧着鲜花走在大街上。

第二天下午，德国军官伊尔上校趾高气扬地骑马走在巴黎的街道上。当他得知许多巴黎市民捧着玫瑰花在大街上走时，要求马上逮捕这件事的发动者。当晚，他们包围了洛希亚的鲜花店。

"你可以用枪来抵抗我们，但不是用玫瑰！"伊尔向洛希亚怒吼道。出乎所有人的意料，洛希亚竟然将玫瑰献给伊尔。伊尔迟疑片刻后，接过玫瑰花，停留了一会儿才离开。

最终，拿花的巴黎市民都免遭杀戮，而伊尔却被德军处死。在临死前，他这样说："我们可以征服这片土地，却无法征服这里的人民。"

心灵鸡汤

战争是残酷的，它带来的是鲜血和仇恨，而巴黎市民在卖花姑娘洛希亚的帮助下，用一种特别的方式向侵略者表达了他们热爱生活、热爱和平的心愿。其实，爱是最美的语言，它能化干戈为玉帛，减少纷争。♥

虽然明知自己吃不到亲手种的椰枣，但老人仍然冒着酷暑在沙漠中播种，这种行为是不是很傻呢？

播种才有收获

文/佚名

在遥远的沙漠中有一片绿洲，一位老人跪在地上，拿着铁锹在挖沙土。

一个商人经过绿洲，停下来给骆驼饮水。他看到满头大汗的老人，便上前打了声招呼："你好呀，大爷。""你好。"老人回答时并没有停止干活儿。商人问道："这么热的天，你在这里挖什么呢？""我在播种。"老人说。"你要在这里种

什么？""种椰枣。"老人说道。

"椰枣？！" 商人惊讶地说，那副表情就像是听到了最愚蠢的话，"大爷，你还是跟我去店里喝一杯吧。""不，我得先把种子播种完，然后我们可以喝一杯。"老人说。"大爷，你多大年纪了？"商人问。"我忘记了……但这并不重要。""大爷，椰枣树长成要五十多年。我希望你能长寿，能活到一百岁，但到那时你也很难收获今天劳动的成果，还是别干了吧。"商人劝说道。"我吃的椰枣是前人种下的，播种的人也没有梦想吃到自己种的椰枣。虽然我并不知道谁会吃到我种的椰枣，但我想，这份辛苦是值得的。"

听完老人的一席话，商人说："很感谢你的这一课，请收下我的学费。"说着，他把钱袋递给老人。"谢谢你的钱，朋友。你看，事情往往就是这样的。你认为我无法收获自己的劳动果实，但我还没有播种完，就收获了一袋钱和一位朋友的谢意。"老人笑着说。

心灵鸡汤

老人种下椰枣，不企求自己能够亲口尝到它的味道，而是希望能够造福后人，因为他吃到了先人种的椰枣。这既是对他人的感恩，也是为他人付出了自己的爱心，所以老人得到了商人的感谢和馈赠，这是对他的善行的回报。♥

> 有一种行为看似无礼，实际上却是最礼貌的，因为它代表着对不幸者的尊重。

不起立的尊重

文/张翔

一年的秋天，我们去郊区的一所初中考察教育工作。有一项考察内容是做一次示范性讲课，而这次将由我代表考察团给学生讲一堂课。为了授教方便，我选择给他们上思想品德课。

我去了初三年级的一个班，当我踏进教室时，掌声雷动。我迈上讲台，立直身体，严肃地喊了一声："上课！"

当我等着同学们站起身来喊"老师好"的那一刻，我尴尬地发现同学们都没站起身来，他们只是坐着喊道："老师好！"

我心中划过一丝失望，眼前的学生居然连起立向老师致敬

这样常规的尊师礼仪都没有！不过，我立即收拾好心情，继续给学生们讲课。讲课时，我有目的地为他们讲述了中国尊师重教的优良传统。课堂的气氛很好，学生都很认真地听讲。一堂课要结束的时候，老师和学生都热烈地鼓掌。

这时，铃声响起，我又立直身体，对同学们喊道："下课！"学生们再次给我掌声，但依旧没有一个人起立。

我走出教室的时候，他们学校的校长迎了过来，与我交流。我很坦诚地问他："校长，你们的学生上课下课都不起立吗？这样可能会让他们淡化对老师的尊重。"

校长答道："我们一直坚持上课下课起立呢！"

"那我刚才讲课怎么不见他们起立呢？"

"是这样的，我们只有初三年级不起立，主要是因为这个班。"校长拉着我来到教室的窗前，指着教室中间一个穿白衬衫的学生说，"他上初一的时候出了车祸，双腿残疾了，每次上课给老师致礼很麻烦。为了让他不会感觉尴尬和孤立，我们决定这个班乃至初三年级以备考中考为由不用起立了。"

"哦……"我顿时醒悟过来，原来他们不起立并不是不尊重老师，而是将尊重给了一个双腿残疾的学生啊！

心灵鸡汤

上课和下课起立向老师致敬本来是很正常的事，但一个学校为了一个残疾学生而取消了整个年级的这个规定，体现了他们对学生的尊重。当我们面对那些身体有残疾的人时，要设身处地地为他们着想，不要伤害他们的自尊。♥

为了得到一笔钱，爱德华冒充了死者的家属，但并没有如愿以偿。试想，如果他真得到了这笔钱，他能过得坦然吗？

诚实是生活之本

文/康文笠

多年前，美国的红心慈善协会准备在某地建造一家孤儿院，在动工时却意外地发现一座坟墓，于是他们登出启事，请死者家属来商量移坟事宜，届时将得到五万美金的补偿。

当时，三十二岁的爱德华看到这条消息，不觉怦然心动，因为他的家就曾在那片土地上，而且他的父亲确实死了，只是没有葬在那里。爱德华忍不住想，要是父亲葬在那儿就好了，他就可以轻而易举地得到五万美金。

经过一番激烈的思想斗争，爱德华终究抵挡不住诱惑，决

定冒充死者家属。他先到旧货市场买了一张三十年前的发票，又到丧事物品店花了六美元请人在上面盖了章，以证明三十年前他为父亲买过葬品。他拿着这些虚假的证明，喜滋滋地跑去"认爹"了。慈善协会的一位小姐热情地接待了他，可接下来的事却让他大吃一惊，小姐将他的姓名、住址记录在案，并告诉他，他是第一百六十九位来认父亲的儿子。他们要一一审查，确认到底谁是死者的真儿子。

恰巧这时对尸骨的鉴定出来了，令人惊奇的是，这一百六十九位儿子都是假的。原来，坟墓里的尸体已经有一百六十年了。听到这个消息，爱德华羞愧得无地自容。后来这件事被媒体报道了出来，爱德华将报纸保存起来，用来警告自己，一定要做个诚实可信的人。

十年后，爱德华成为全美通信器材界的巨头。每当有人请教他成功的秘诀时，他总是坚定而充满感慨地说："诚实，是诚实帮助了我。"

心灵鸡汤

诚实是一个人应有的基本品质。就算一个人拥有了丰厚的财富，但如果失去了诚实的美德，他的心灵也将陷入巨大的空虚中。生命不可能从谎言中开出花朵，它是短暂的，只有真诚能使它散发永恒的芬芳。♥

莉莎因为看不到布娃娃而病倒了，但是在热心人的帮助下，她得到了那个布娃娃，还得到了很多人的爱。

橱窗里的布娃娃

文/李小青

布迪是镇上一家玩具店的老板。他注意到，自从上个月以来，每天下午总有个小女孩在玩具店的橱窗前站好久。橱窗里放着一个精致的布娃娃。布迪知道，小女孩是来看这个布娃娃的，只是她买不起。

一天中午，有个中年男子来到布迪的小店，想给女儿买一件生日礼物，他一下子就看中了这个布娃娃。布迪迟疑了

一下，但最终还是把布娃娃卖了出去。那天下午，小女孩又来了，当看到橱窗里没有了那个布娃娃时，她美丽的大眼睛里溢满了泪水。从那以后，小女孩再也没来过，布迪的心里也觉得有点失落。

半个月后的一天，一个中年妇女来

到小店，问这里是不是曾经有过一个美丽的布娃娃。布迪一下子就想起了那个小女孩。他摇摇头，说布娃娃已经卖出去了。中年妇女失望极了，她告诉布迪，自己的女儿莉莎一直很喜欢那个布娃娃，因为她觉得这个布娃娃很像她死去的妹妹，但由于家里穷，她只能每天来这里看看。有一天，她发现布娃娃不见了，回去后就病倒了。

布迪满怀歉意地摇了摇头，忽然，他好像想起了什么，说道："太太，请等等。"说着，他从登记簿上找到那个买走布娃娃的中年男子的电话，然后把这件事原原本本地告诉了他。男子听完后很感动，带着女儿一起去看望了莉莎，并把那个布娃娃送给了她。莉莎的病很快就好了。现在，莉莎和布迪成了好朋友。每天，她都要到布迪的店里来一趟，不过她是来陪布迪聊天的！

心灵鸡汤

小女孩莉莎和玩具店的老板以及买走布娃娃的父女俩素不相识，但是他们在得知她病倒后，都伸出了热情的手，帮助她得到了喜爱的东西，给了她温暖的爱。在生活中，我们也应时时伸出自己的双手，用爱心温暖他人。♥

得失之间

文/仲利民

二十年前的孩子，要是能够有两三元钱，那就是富翁了。我每天做梦都想捡到钱，然而一个暑假的傍晚，我真的在路上捡到了三元钱。

晚上，我拿着捡到的钱去村头阿伯开的小店里买了一些零食，又买了一个红色的塑料陀螺。等我偷偷地回到家，发现邻居刘婶呆呆地站在我家，正在跟父亲借钱，一边悄悄地抹泪，一边连声感谢父亲。

我的心一下子揪紧了，这钱原来是刘婶丢的，是她借来给孩子看病的。我真浑啊，刘婶的这笔钱我怎么能用呢？

我知道刘婶家的情况，她的丈夫多年前因为一场车祸去世了，从此她带着两个孩子辛苦地生活。我感到很后悔，可是钱已被我用掉了一些，怎么办？我的心中感到深深的歉疚和莫名的恐慌。

父亲对我们一向很严厉，我们犯一点错他就会毫不手软地体罚，如今可让我怎么办？要是向刘婶坦白，她再去告诉父亲，我可能会挨打；要是如此沉默下去，我的良心又会不得安宁。

就在我惴惴不安的时候，父亲发现了我新买的陀螺。看到父亲威严的目光，想到几天来内心的煎熬，我决定把真相告诉父亲，大不了挨他一顿猛揍，也比内心惶恐不安强。让我意外的是，父亲知道后没有揍我，而是让我向刘婶坦白，并设法把钱还上。父亲建议我每天去割青草，晒干后卖给农场喂牛。我忐忑不安地去了刘婶家，向她说了事情的经过，并把剩余的钱给了她。刘婶并未批评我，还直夸我诚实，有良心。

父亲与刘婶的态度让我的良心得到解脱。从那以后，我每天早出晚归去割青草，然后把晒干的青草集中起来。暑假结束后，父亲和我一起把干草运到农场，卖了两元多钱。当我亲自把钱还给刘婶时，我感到了一种从未有过的快乐。

经过一个暑假的劳作，我晒黑了，感觉自己一下子长大了许多。时至今日，我仍庆幸我在那个暑假的坦诚，不仅为我换取了一生的内心安宁，还让我懂得了人生真正的得失。

心灵鸡汤

故事中的"我"得知自己捡到的三元钱是邻居刘婶丢的后，不但主动承认错误，还用一个暑假的劳动补齐了花掉的钱，不仅弥补了自己的过失，还懂得了做人的道理。其实，犯错并不可怕，只要勇于承认错误，积极改正，就是好孩子。♥

阳虎的学生都很有才学，但是他在培养人才前没有注意挑选，结果当他遇到危难时，竟然没有一个学生来搭救他……

德比才重要

文/佚名

　　鲁国人阳虎的学生都很有才学，做官的比比皆是。可是有一次阳虎遭到官府通缉，竟然没有一个学生帮助他。他只好四处逃难，最后逃到北方的晋国，投奔到赵简子门下。

　　见阳虎失魂落魄的样子，赵简子就问他："你怎么变成这个样子了呢？"

　　阳虎伤心地说："从今以后，我发誓再也不培养学生了。"

　　赵简子问："这是为什么呢？"

　　阳虎懊丧地说："这些年来，我辛辛苦苦地培养了那么多人才，经我培养出来的学生既有当朝的大臣，也有地方官吏，

还有镇守边关的将士。可是我没想到，那些在朝廷做大臣的，却离间我和君王的关系；那些做地方官吏的，竟然在百姓中败坏我的名声；更可恨的是，那些领兵守境的，竟亲自带兵来追捕我。想起来真让人寒心！"

赵简子听了，深有感触地说："只有品德好的人才会知恩图报，那些品德败坏的人是不会这么做的。你当初在培养他们时，没有注意从中挑选品德好的，才落到今天这个地步。打个比方说，如果你栽培的是桃李，那么除了夏天可以乘凉外，秋天还可以收获鲜美的果实；但如果你种下的是蒺藜，不仅夏天乘不了凉，到秋天也只能收获扎手的刺。依我看来，你所栽培的都是些蒺藜呀！你应当记住这个教训，在培养人才之前就对他们进行挑选，否则等到培养完了再去选择，就为时已晚了。"

阳虎听了赵简子的一番话，点头称是。

心灵鸡汤

阳虎的失误之处在于他挑选人才时忽略了品德的考察，而只有具备良好品德的人才会报答他的培育之恩。俗话说："有才无德者为小人。"这说明了品德比才能更加重要，因此我们应注意加强品德的修养，做一个德才兼备的优秀人才。♥

多走几步

文/仲利民

由于我喜欢读书看报，虽然电脑早连上了宽带网，但我依然每天风雨无阻地去买网上没有的报刊阅读。小区的大门出口不远处就有一家报刊亭，这个报刊亭是我经常光顾的地方。有一天，为了赶写一篇编辑的约稿，我熬了个通宵，睡觉起来迟了，再去报刊亭买报，人家已经卖完了，我只好向远一点的报刊亭搜寻。

沿小区边的路向西走约一百米是一所中学，学校门前也有一家报刊亭。可巧我在这里找到了要买的报刊，还发现有许多我非常喜欢的文化类报刊。也许这里临近学校，喜欢接触书报的师生多，报刊亭才订这些报刊卖吧。我与喜欢文化的人天生有缘，就与报刊亭的主人聊起来。原来卖报的姑娘也是一位文学爱好者呢！她开了这个小报刊亭，既解决了谋生的问题，又吻合自己的兴趣，可以边工作边学习。

临走时，我选了好几份我喜欢的报刊。卖报的姑娘没有看定价就一口报出了汇总的价格。我递过钱去，才发现她一直坐在那里一动不动。此刻，我才注意到她原来是位残疾人。她把各种各样的报刊都整理好了，架子上摆一份样刊，需要的人自己就可以直接从柜台里取了。她似乎看到了我关注的目光，粲然一笑，对我说："欢迎你常来。"我对她说道："我会常来的。"

后来，我了解到这位残疾姑娘的父亲早逝，她用自己的收入供养了弟弟上学读书，支撑起一个飘摇欲坠的家庭。我的心被深深地震撼了，这是一位多么坚强的女孩啊！

此后，我舍近求远，每次都会多走几步到这里选书买报，而她也会根据我的要求增订一些我想要的报刊。这是别的报刊亭主人不愿做的，他们只订那些好卖又赚钱的书报。

每次来到残疾姑娘这里买报，我都能享受到她的温情服务。其实，只要我多走几步路，就能给一位坚强的残疾女孩以默默的帮助，让她开心，让她感受到人间的温暖。而我们的心灵如果能向弱者多走几步路，则会让那些弱小的灵魂感受到爱。那么，不要吝啬我们的脚步，我们的心，我们的爱，向那些弱小的、需要帮助的心灵多走几步吧！

心灵鸡汤

有时候，给弱小者以力所能及的帮助，哪怕只是买几本杂志，也能让他们感到温暖，从而对生活充满信心和希望。在生活中，面对那些需要帮助的人，只要你付出爱心，哪怕是付出小小的善意，也能打动人心。♥

让游客们感到甘甜的不只是井水，还有老人那颗慷慨无私的心。

甘甜的不只是井水

文/崔修建

在通往某旅游区的路旁，住着一位心地善良的老人。他有一口井，据说打到了泉眼上，因而不仅水量充裕，而且特别清澈、甘甜。

在旅游的旺季，那些来自远方城市的大小车辆总会在老人的小屋前停下来。那些游客中但凡有一人喝了老人的井水，总会惊讶地大声呼唤同伴来品尝。

于是，众人就涌到老人的井旁，痛快地喝着井水，不住地赞叹。老人看着那些城里人畅快地饮着井水，听着不绝于耳的赞美，心里美滋滋的，嘴里不断地嚷着："好喝，就多喝点儿，这井水喝不坏肚子，还治病呢。"看老人如此热情，又听说井水还能治病，游客们喝得更来劲儿了。有不少人临走时还用大壶小桶装满井水，说带回去给家里人尝尝。

看到老人如此慷慨，很多游客就把身上带的好吃的、好喝的，抢着往老人手里塞，说让老人品尝下城里的东西。

老人推辞不下，就像欠了游客许多似的，急忙跑到园子里摘些新鲜的瓜果塞到大家兜里，看着大家高兴地吃着、喝着。

就这样过了好几年，老人和他的那口井接待了许多游客。

有一年，老人病了，被他的儿子接到县城去了，他的一个侄子来替他看屋子。

游客又来喝井水了，老人的侄子觉得发财的机会到了，就灌了许多瓶井水，摆在路口出售。奇怪的是，这些瓶装井水竟然无人问津。

老人的侄子埋怨城里人抠门，光想喝水不想花钱。而游客们则担心装井水的瓶子不干净，放了别的东西……

于是，老人的小屋前再没以前热闹了，人们似乎忘了或根本不知道那里还有一口井，那清澈、甘甜的井水足以让人陶醉。

老人病好归来后，又开始免费供应井水，前来喝水的游客又渐渐多起来，有的给老人带礼物，有的礼物还很贵重，老人推都推不掉，还有不少人真诚地邀请老人去城里做客……

心灵鸡汤

一样清澈、甘甜的井水，慷慨地馈赠，得到的是真诚的感激和酬谢，而一味地贪图回报，收到的却是怀疑和冷落。正如那句俗语所言："送人玫瑰，手有余香"，多给他人一些方便，自己也必将得到感恩和回报。♥

黑夜中，在波涛汹涌的海面上，是什么力量使几个落水的人对求生充满了希望？是一阵充满希望的歌声！

歌声

文/佚名

1920年10月，一个漆黑的夜晚，在英国某片海湾里，发生了一起船只相撞事件。一艘小汽船与一艘大船相撞后沉没了，104名搭乘者中有11名乘务员和14名旅客下落不明。

艾利森国际保险公司的督察官弗朗哥·马金纳从下沉的船身中被抛了出来，他在黑色的波浪中挣扎着。救生船怎么还不来？他觉得自己已经奄奄一息了。渐渐地，附近的呼救声、哭喊声越来越微弱，似乎所有的生命都被浪头吞没了。

就在这令人毛骨悚然的寂静中，突然传来一阵优美的歌

声。那是一个女人的声音，歌声丝毫没有走调。这个歌唱者简直像面对着众多来宾在进行表演一样。马金纳静下心来倾听着，一会儿就听得入了神。寒冷、疲劳刹那间不知飞向了何处，他的心

完全平静了。他循着歌声，朝那个方向游去。他靠近一看，发现那儿浮着一根很大的圆木头，几个女人正抱着它。唱歌的人就在其中，她是个很年轻的姑娘。在等待救生船到来的时候，为了让其他人不至于因寒冷和失望而放开那根圆木头，她用自己的歌声给她们增添力量。就像马金纳借助姑娘的歌声游靠过去一样，一艘小艇也以那优美的歌声为导航，穿过黑暗驶了过来，最终众人得救了。

第二天，这件事以《马金纳获救记》为标题，在报纸上登载了。遗憾的是，没有人知道那个姑娘的名字。不过，即使不知道她的名字，这个姑娘所唱的优美歌曲至今还在人们的耳畔回响。

年轻的姑娘用自己充满希望的歌声使他人振作起来，怀着求生的希望，并最终获救。这个姑娘当时是否坚信自己必然得救，我们无从知道，但是她打起精神，鼓舞他人坚定地求生，这种无私的爱心值得我们每一个人学习。♥

一边是感情深厚的铁哥们，一边是公正严明的国法，在这个天平上，苏章该把砝码放在哪一边呢？

公私分明的苏章

文/赵远

汉顺帝的时候，出了一位有名的清官，名叫苏章。他为官清正，公私分明，从来不因自己的个人利益而冤枉好人、放过坏人，因此深受百姓的爱戴。

有一年，苏章被委任为冀州刺史。一上任，苏章便认认真真地处理政事。有一天，他发现有几个账本记得含糊不清，不由得起了疑心，就派人去调查。调查的人很快呈上了报告，

说是清河太守贪污受贿，数额巨大。苏章大怒，决心马上将这个胆大妄为的清河太守逮捕法办。可是当他的目光停留在报告上清河太守的名字上时，不由得呆住了。原来这个清河太守就是他以前的同窗，也是他那时最要好的朋友。当时两人总是形影不离，无话不谈，情同手足。"真是没有想到这个朋友的品行竟会败坏到这种地步！"苏章感到非常痛心，想到自己正在处理这件案子，如何能对老朋友下得了手呢！苏章十分为难。为此，他时常在夜里思前想后，彻夜难眠。最终，他还是做出了决定。

再说那个清河太守知道自己东窗事发，惊恐万分。可他一打听才知道，新任的冀州刺史不是别人，正是自己儿时的铁哥们苏章，于是心里的一块石头落了地，心想苏章一定能念及旧情，网开一面。于是他备上厚礼，以叙旧为名，打算贿赂苏章。没想到苏章却已经先派人来邀请清河太守到他下榻之处赴宴。太守一听，喜上眉梢：果然是多年好友，真是心有灵犀啊！于是，他欢欢喜喜地去赴宴了。

苏章一见老友，忙热情地迎上去，招呼他到酒席上坐下。酒席上，苏章绝口不提案子的事，对老朋友非常热情，又是劝酒，又是添菜。两个人你一言，我一语，兴致十足地谈论着儿时的趣事，谁也看不出两人各怀心事，气氛很是融洽。

此时的清河太守早已没了防备之心，乘着酒兴对苏章说："苏兄，你我虽非同宗同族，但感情却胜过同胞兄弟，你现在来冀州真是太好了！说实话，现在做官的手脚都不怎么干净。你如果发现我有什么过错的话，还请多多包涵！"见苏章不动声色，太守更加大胆起来，举杯向苏章感叹道："我这个人真是命好，别人顶多有一个老天爷的照应，而我却得到了两个老天爷的荫护，实在是幸运啊！"

谁知苏章这时却忽然冷淡了下来，并不接受老朋友的敬酒，说："我们今天在此相聚，这是你我之间的私事，我们只叙朋友情谊，不谈别的。明天升堂审案，我仍然会公事公办。公是公，私是私，绝对不能混淆！"

太守听到这里，心里已经有数了，但他不愿意相信自己的猜测，于是又吞吞吐吐地说："我……我不明白你的意思。"

苏章听他这么一说，冷哼一声，开门见山地说道："你不要再装糊涂了！我虽然是新上任的，但已经了解到你这些年贪赃枉法，聚敛了很多不义之财。我真不愿相信昔日的好友竟会变成这样的人！"

清河太守见苏章已经把话挑明了，知道自己打错了如意算盘，赶紧俯首认错道："请你念及我们当年的友情，放我一马吧！"

这时，苏章严肃地说道："不是我不念及当年的友情，我是皇上派来专门惩治贪官污吏的。贪官一日不除，百姓就会遭殃，国家就不会安定。我这人向来坚持以诚信为本，依法办事，绝不会为了庇护一个朋友去破坏王法，更不会违背自己做人的基本准则。你好自为之吧！"说罢，苏章拂袖而去。

第二天，苏章开堂审案，果然不徇私情，按照国法将罪大恶极的清河太守正法了。

苏章之所以舍弃朋友间的情谊，将徇私枉法者依法查办，是因为他考虑到了百姓的幸福、国家的安定。作为官员，他坚守公正严谨、依法行事的原则。在现实生活中，我们应该严于律己，洁身自好；对朋友应该公私分明。♥

"过目成诵"的苏东坡

文/余妮娟

苏东坡是北宋时期著名的文学家，他才学过人，据说能"过目成诵"。

一天，一个朋友来看望苏东坡。可是他等了很久，也不见苏东坡出来，便问管家："你家主人在做什么？"

管家解释说："我家主人正在书房抄写一些东西……"

朋友不解地问："抄什么东西这么重要？"

这时苏东坡出来了，他见朋友等了半天，便满怀歉意地说："我正在抄写《汉

书》，让你久等了。"

朋友疑惑地问道："以你的天赋，还用得着抄写吗？"

苏东坡笑了笑说："我从开始读《汉书》到现在，已经抄写三遍了。"

"三遍？以你的聪明禀赋，用得着那么费力吗？"朋友大吃一惊。

苏东坡不慌不忙地说："再聪明的人背文章也要花工夫。只是我花的时间短些罢了。"

"你有什么窍门？"朋友好奇地问。

"我抄书并不是全部抄写，而是抄第一遍时每段抄三个字，抄第二遍时每段抄两个字，抄第三遍时每段只抄一个字就行了。这样三遍抄下来，就基本上能背诵了。"

朋友不大相信，说要考验苏东坡一下。于是他在《汉书》里挑了几个字，结果苏东坡一字不差地背出了相关的段落。朋友不由得点头赞叹。

心灵鸡汤

苏东坡成才的重要法宝就是勤奋。他之所以能"过目成诵"，并不是天生的，而是靠勤学苦练、饱读诗书得来的。同样，当我们看到别人取得成功的时候，千万不要忘了他是靠刻苦拼搏才取得这样的成绩的。♥

⭐ 麦琪想送给妈妈红石竹花作为母亲节礼物，可是她只买得起白石竹花。她用什么办法将花染红了呢？

红石竹花

文/佚名

几个月以来，麦琪一直想着要在母亲节那天送给妈妈一束红色的石竹花，为此她攒了三个多月的零花钱。

可是，快到母亲节时，红石竹花的价钱却一下子飞涨起来。这样看起来，等到母亲节那天，红石竹花的价钱就会高得吓人。麦琪手里的钱原本可以买好几枝红石竹花的，现在却只能买几枝白石竹花了。

除了颜色不同以外，白石竹花和红石竹花并没有什么不同。只是按照习俗，只有母亲去世了才会送白石竹花寄托哀思。

麦琪感到非常犹豫，她不知道是不是该送给妈妈白石竹花，不知道妈妈是不是会喜欢，可是她真的很想送妈妈一份贴心的礼物。

考虑了很久之后，麦琪最后还是决定买那种很便宜的白石竹花。

不过回家以后，麦琪没有急着将花送给妈妈，而是悄悄地把它们插在了红墨水里。她想，或许过几天后白石竹花会变成红色吧！

没想到"奇迹"真的发生了。几天以后，也就是母亲节那一天，吮吸着红墨水的白石竹花真的变成了生机勃勃的红石竹花。

当麦琪把红艳艳的石竹花递给妈妈的那一刻，妈妈的眼里满含着喜悦的热泪，她喃喃地说："孩子，这是妈妈收到的最特别、最富有创意的母亲节礼物。"

心灵鸡汤

小女孩赤诚的孝心得到了回报，她的白石竹花终于被染红了。尽管她买不起贵重的礼物，但是她的孝心却令妈妈无比感动。所以，孝敬父母要从一点一滴做起，不一定要做什么惊天动地的事情，只要能让父母感到高兴和满足就可以了。♥

荒年里，当地的很多人都饿死了，但是老汉一家却有吃不完的东西，这到底是为什么呢？

红薯墙

文/杨文婷

一个老汉和儿子、儿媳相依为命。一家人辛勤劳动，省吃俭用，用积攒的一笔钱买了田地，过着无忧无虑的生活。

日子好过了，儿子和儿媳就不像以前那么节俭了。吃红薯的时候，儿子和儿媳毛手毛脚地削红薯皮，往往削掉一大块果肉。有些红薯刚烂掉一点儿，他们也毫不吝啬地丢了。老汉见了，语重心长地说："现在虽然日子好过了，也不能随便浪费粮食啊！"儿子和儿媳满不在乎地说："爸，现在咱们都过上好日子了，扔几个红薯没什么大不了的。"

老汉听了后，一声不吭，只是拾掇出一个筐子来，放在屋

里，把儿子和儿媳扔掉的红薯和红薯皮捡了起来，扔进筐里。儿子和儿媳见了，也有些不好意思了，以后他们再扔红薯、削红薯皮，就往筐子里扔了。老汉则每天把筐子抬走，把扔进去的红薯放进一个堆杂物的屋子里。

日子一天天过去，有一年，当地发生了旱灾，庄稼颗粒无收，很多人都饿死了。老汉家的粮食也渐渐被吃光了。这天，儿子和儿媳收拾好包裹，对老汉说："爸，家里没吃的了，咱们还是逃到外地，去讨口饭吃吧。"老汉却不慌不忙地把他们带进放杂物的屋子，从一堵砖墙里抽出一块砖来，递给儿子说："你尝尝，这不是吃的么？"儿子和儿媳一尝，这不是红薯的味道吗？二人顿时恍然大悟，原来，老汉把他们平时扔掉的红薯和红薯皮捣成泥，做成了砖块，晒干了垒起来，就成了一堵墙。

老汉家靠着红薯墙度过了荒年，从此，他儿子和儿媳再也不随便浪费粮食了。

心灵鸡汤

老汉把儿子和儿媳扔掉的东西储存起来，才保证了荒年的粮食供给。同样，在生活较为富裕的今天，我们也应有一定的忧患意识，不要随意地浪费东西，要从节约一滴水、一度电、一粒粮食开始做起，这样才能积攒财富，保证将来衣食无忧。❤

红衣橱上的白色道道

文/申哲宇

　　快乐的寒假结束了，明天吉姆就要回到一年级的课堂了。圣诞节期间，他和弟弟小萨米过得可开心了！爸爸妈妈给他买了崭新的玩具娃娃，多漂亮啊！另外，他还得到了一大盒蜡笔，有六十四种颜色呢！五颜六色的蜡笔被装在一个大盒子里，有一支居然还是白色的！

　　他低头看着这一大盒蜡笔，觉

得有些好奇——白色的纸上怎么用白色的笔呢？怎么涂也显现不出来呀？

六岁的小吉姆琢磨来琢磨去，好沮丧哦！"如果看都看不出来，白色的蜡笔有什么用呢？"他一个人在那里嘀咕。

终于，他有了主意——白蜡笔应该涂在深色的画板上啊！他站起身，手里紧紧地攥着那支白蜡笔，感觉就像是要完成一项使命一样。

他从客厅拐进妈妈的卧室，一眼就看见了红木衣橱。这不就是他想要的？他想都没想，就开始在衣橱上画起歪歪扭扭的道道来。画了一会儿，他终于停了下来，猛地意识到了什么。

还没来得及欣赏白蜡笔的效果，可怕的想法就悄悄地钻进了他的脑子。他回过神来，吓得要命。天哪！这次他少不了挨一顿打！他怎么刚才就没想到呢？现在已经太迟了，一顿打是免不掉了。

就在这时，他的心头忽然闪过一丝希望。他记得爸爸妈妈曾经对他说过，最可恨的事就是撒谎。妈妈常说："生活中，

一开始就讲实话能为你免去许多麻烦。”

生活中有些时候需要人们勇敢地做出决断。现在，就是他应该做出决断的时候了！他沉思了半天，最后决定说实话，看看是不是真的有效。

此刻的他还没有足够的勇气去主动坦白这件事，他好希望没有人发现乌红色的衣橱上那些左一条右一条的白道道，可这只能是一个孩子的幻想。

没过多久，就听见妈妈一声怒吼：“吉姆，你给我过来！”他吓得哆哆嗦嗦，一步一步地挪到妈妈跟前。妈妈问他：“是谁把我的衣橱涂成这样？”

“是我，妈妈。对不起！”他的声音小得几乎听不见，不敢抬眼看妈妈。

接下来的事简直就像是在做梦。妈妈弯下腰，一把搂住他，说："亲爱的，你对妈妈说了实话，妈妈真为你感到骄傲！爸爸和我告诉过你，只要你说实话，就不会有太大的麻烦。我要你明白说实话有多重要，所以就不惩罚你了。我会想办法把衣橱弄干净，可你得答应我，以后再也不会这样乱涂乱画了！"

吉姆一下子如释重负，忍不住开心地笑了起来。他由衷地答应妈妈："我再也不会这么干了，妈妈！"

走出妈妈的卧室，吉姆知道自己以后永远也不会选择用谎话来解决问题了。这件事让他相信——说实话比说谎更好。从那以后，他深信只有说实话才真的是最聪明的做法。

心灵鸡汤

小主人公经过一番激烈的内心争斗，体会到把实话说出来会比把谎言憋在心里更让人感到坦然。在生活中，我们也会遇到同样的情形，当我们做错一件事时，只要鼓起勇气承认自己的错误，那么我们的内心就会觉得很舒坦。♥

在生死关头，所有人都认为代替朋友服刑的年轻人即将被斩首，但是年轻人毫无惧色，是什么力量在支撑着他呢?

患难见真情

文/李珊珊

有一个年轻人因为惹怒了国王而被判绞刑，在某个法定的日子里将被处死。年轻人是个孝子，在临死前，他希望能与远在百里之外的母亲见最后一面，以表达他对母亲的歉意，因为他不能为母亲养老送终了。

国王感念其孝心，决定让这个年轻人回家与母亲相见，但条件是他必须找一个人来帮他坐牢。但是，有谁肯冒着杀头的危险替别人坐牢，这岂不是自寻死路吗？然而在茫茫人海中，就有一个人不怕死，而且真的愿意替年轻人坐牢，他就是年轻人的朋友达蒙。

达蒙住进牢房以后，年轻人回家与母亲诀别。

时间如水般流逝，年轻人一去不回头。眼看刑期在即，年轻人也没有回来的迹象。一时间人们议论纷纷，都说达蒙上了年轻人的当。行刑日是个雨天，当达蒙被押赴刑场之时，围观的人都在笑他的愚蠢，幸灾乐祸的大有人在。但刑车上的达蒙不但面无惧色，反而有一腔慷慨赴死的豪情。

追魂炮被点燃了，绞索也已挂在了达蒙的脖子上。胆小的人紧闭了双眼，他们在内心深处为达蒙深深地惋惜，并憎恨那个出卖朋友的年轻人。就在这千钧一发之际，在风雨中，年轻人飞奔而来，他喊着："我回来了！我回来了！"

这真是人世间最感人的一幕。这个消息很快传到了国王的耳中，国王也被感动了，他亲自赶到刑场，赦免了年轻人的罪行。

这是一个真实的故事，不但感人，而且震撼人的心灵。千百年来，有关朋友的解释有千万种，但我一直固执地认为，有关朋友的解释只需两个字，那就是"信任"。

心灵鸡汤

在千钧一发的危急时刻，是对朋友的绝对信任支撑着达蒙的精神世界。他深信朋友不会背叛他，就算朋友真的不来，他也不会后悔。因此，我们要想交到真正的好朋友，就一定要彼此信任，共同面对风雨。♥

见过两次面

文/仲利民

最初与他见面是在楼梯间，我回家时见到对门站着一个年轻的男孩，人长得帅气，眼神里透出一种坚毅。

男孩静静地站在那儿，我知道对门一家出去旅游了，就对他说："你不用等了，他们一家刚出外去旅游了。"

男孩听了我的话，并没有转身离去，除了对我的善意提醒表示感谢外，还对我说："我不能因为他们没有告知我就失信。我要等到我应该离开的时间再走。"

我想，他应该离开的时间大概就是为孩子补课结束吧？看来他是不信任我？

也许是那个男孩看出了我的犹疑，就急着向我解释："我觉得收了他们的钱，又有预约在先，哪怕他们离开前没有告诉我，我也应该在这里等到那个时刻再走。"这真是一个怪孩子，自己执着地坚守约定。

我听过对门夸奖这位做家教的大学生男孩，说他认真负责，而且准时守信，看来果然如此。我邀他到我家坐着等，他同意了。

我家客厅里的书架上摆着许多书，他见到后两眼放光，看得出来这是一位爱书的大学生，我和他的对话就有了目标。

当他得知我是一位职业作家后，更是由惊异转为敬佩。他告诉我，他的目标也是做一名职业作家，为自己喜欢的事业奉献毕生的精力。

谈了一个多小时，他以前做家教结束的时间到了，他就起身同我告辞。

我送了两本书给他，他有些惶恐地接受了，却也有欣喜掩饰不住。他在那两本书上面留恋徘徊的目光让我知道他是多么喜欢那两本书。

对门一家旅游回来时，我向男主人讲了那位大学生来他家等待的过程。

男主人对我说："这孩子没有手机，当时走得急，没有想到他是这样执着的人。"

暑假快要到时，那位大学生男孩来我家敲门，送还那两本书。他还告诉我，他将要去西部地区做一名教育志愿者。看着他眼神里再次露出坚毅的目光，我忽然想起一篇题为"那条小鱼在乎"的故事来，也许他并不能帮助西部多少，但是他在努力地做，至少他在教育方面让受到帮助的孩子在乎，实实在在地为西部付出自己的才学，是值得我尊重的。我说了些鼓励他的话，并对他说："如果有困难，可

以对我讲，我愿意提供力所能及的帮助。"最后，我告诉了他我的QQ号、电子邮箱等联系方式。看着他离开的背影，我觉得这是一个可爱、可敬的大男孩。

后来，我们在网上偶尔相遇，他把自己的经历讲给我听。我鼓励他克服目前的困难，遇到问题多思考解决的办法。我知道他上网不是很方便，要从教学的那个小村骑自行车走三个多小时路去县城。

一天，他向我讲了他的想法，他要为孩子们做点事。我听了很赞成，决定把一篇文章的稿费捐给他们。

我与杂志社的编辑讲了，编辑很配合，不仅提前支付了稿费，而且把原定的两百元稿费标准提高至三百六十元，按我提供的地址寄给了他。

他收到汇款后，一个劲儿地向我表示感谢，我说不用了。他说这是代那些孩子向我表示感谢，这些钱也许我们觉得不多，但在西部就是一笔大财富，可以办很多事。

再后来，我在网上有好久没见到那个支教的男孩了。我以为他忙，给他QQ留言，发信给他，均无回音，他就像从人间蒸发了一样，再也寻觅不到他的踪影。

直到前些日子，我收到一封邮件，是那个男孩的同学发来的。他告诉我，那个男孩在为学校购买教具的路上被山洪冲走，再也找不到了。

我看着邮件愣了许久。我感觉他只是去了某个地方，以后某个时间还会回来，而且眼前总会浮现出他停在楼梯间等待时的样子，还有他那坚毅的目光。

我一直舍不得删除那个男孩的QQ，总在期待一个奇迹的出现——在某一天，QQ那头忽然有他跳出来的问候。

心灵鸡汤

故事中的大学生有着可贵的品质，不仅守信，而且非常有爱心，虽然他的生命很短暂，但他永远值得人尊敬。也许我们不能做惊天动地的大事，但只要我们在生活中充满爱心，多做善事，就一定是一个受人尊敬的人。♥

浇灌心灵的花园

文/沈岳明

　　凯瑟琳家有一个花园，由于她平时的辛勤浇灌，花园里的花儿总是开得非常灿烂。凯瑟琳十三岁的儿子布鲁斯和十岁的女儿贝蒂受她的影响，也非常喜欢花园里的那些花儿，并经常跟母亲一起去花园里浇灌。

　　凯瑟琳的邻居家里也有一个花园，并且也有两个和布鲁斯以及贝蒂差不多大的儿女。只是邻家的那位太太好像不爱浇灌花园，以致花园里的花草长得矮小枯黄。这样一来，两家花园

里的花朵便形成了鲜明的对比。

有一天，贝蒂发现自家的花园里少了一株玫瑰花，而邻居家的花园里正好多了一株玫瑰花。布鲁斯生气地说："一定是邻居家的那两个小孩干的，自己的花园不浇灌，偏要偷别人家的花！"于是，布鲁斯和贝蒂又去邻家的花园里将自己家的花"偷"了回来。没想到，第二天，布鲁斯和贝蒂发现邻居家不但将那株玫瑰花又偷了去，还偷了好几株其他的花。

就在布鲁斯和贝蒂决定再次将自己的花"偷"回来的时候，被他们的母亲凯瑟琳阻止了。凯瑟琳说："浇灌自家的花园并不难，难的是如何浇灌别人的花园，特别是种在别人心灵上的花园！"凯瑟琳不但不让他们去"偷"花，反而让他们悄悄地去帮助邻居浇灌花园。

邻家的小孩看见自家花园里的花儿开得非常灿烂，也不再偷花了。而邻家的那位太太得知凯瑟琳一家帮他们家浇灌花园后，也非常感动，并渐渐喜欢上了浇灌花园。后来，两家经常在一起浇灌花园，还在一起讨论栽培和修剪花草的知识，而两家的小孩也从浇花上的互相帮助转为学习上的互相帮助，两家从此结下了深厚的友谊。

心灵鸡汤

人的心灵就像花园里的花一样，需要用善良和宽容来浇灌。凯瑟琳不但没有因为邻居偷花而生气，还热心地帮助他们浇灌花园，最终赢得了尊重，收获了友谊，也在孩子们心中培植了最美的心灵之花。♥

小旦南为了不说谎话，甘愿承受养父母的打骂，甚至舍弃自己的生命，这是一种多么可贵的勇气啊！

决不说谎的孩子

文/肖琭珺

5月2日是美国的诚实节,这个节日起源于一个悲惨的故事。

有个叫诺顿的酒店老板收养了一个叫旦南的孤儿。旦南渐渐长大了，他伤心地发现养父母不是好人，他们总是坑害顾客。

有一天，一个小贩来找诺顿要账，当晚就住在了酒店里。夜里，旦南被一声惨叫惊醒了。他悄悄走下楼，把眼睛贴在养父母的门缝朝里面望去，只见小贩倒在地上，胸口还插着一把刀。他的养母正不停地嘟囔：“你杀了

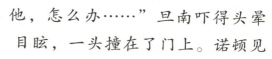

他，怎么办……"旦南吓得头晕目眩，一头撞在了门上。诺顿见是旦南，眼珠转了转，说："好孩子，这个人要行凶，爸爸为了自卫才杀了他。警察来了，你就这样说。"

旦南哭着说："爸爸，你杀了人，应该去自首的！"

诺顿一听恼羞成怒，一脚把旦南踢倒在地："你这个小杂种，快说，是他想行凶……"

"不！"旦南捂着胸口说，"我不能说谎，是你杀了人……"

养母也扑上来："你不说，那就打死你！"说着拳头像雨点一样落在旦南的身上……旦南的头上鲜血直流，他浑身抽搐着，说："不，我绝不说谎！"说完，他的头猛地垂到胸前，不动了。

诺顿夫妇被逮捕了。人们为了纪念宁死也不肯说谎的旦南，决定把5月2日，也就是他死的那天定为诚实节。

心灵鸡汤

多么倔强而又勇敢的小旦南啊！为了坚持不说谎话，他甘愿舍弃自己的生命。他的行动感动了千千万万的人，并使人们自觉地将他高尚的品质发扬光大。当我们面临诚实和说谎的抉择时，一定要勇敢地作出正确的选择！♥

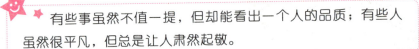

可爱的傻瓜

文/崔修建

那年，十七岁的他因家境贫寒被迫辍学，来到城里打工。

没学历、没技术的他只能干别人不愿意干的脏活、累活和危险活，却只能拿很低的薪水。他对此似乎并不大在意，不管是去建筑工地搬砖，还是攀高楼擦玻璃，他都乐呵呵地去做，从不吝惜汗水，从不偷工减料。他说："人家看重的就是咱这一把力气，不能省着不用啊！"

一次，他和几个搬运工去给一个教授搬家。明明事先已讲好了价格，可那几个搬运"老江湖"刚搬了几件东西，便故伎重演，要求教授再加一点儿工钱。教授不答应，那几个人就磨磨蹭蹭地不愿干，甚至还摆出一副撂挑子的架势。教授急得不知如何是好，他过来劝那几个临时凑到一起的同伴："我们还是先把活儿干好吧，别再难为人家了。"

"你小子在这里做什么好人啊？有能耐你自己去搬。"一个胖子大声呵斥他。

"不是我要做好人，我只是觉得做人做事要厚道。"他据理力争。

"你厚道，你就多干一些，我们少干一些，但工钱要拿一样的。"几个人讥笑着难为他。

　　"没问题，我多干一
些。"他竟然爽快地答应了。

　　那几个人故意习难他的"逞
能"，不仅把最重的几个大件都让他来扛，还
把怕磕碰的冰箱、电视机等东西交给他来搬运。他一趟趟地楼
上楼下地穿梭，累得双腿直打颤，汗水湿透了衣衫，头发湿得
像在水里洗过一样。

　　当他把最后一件东西搬进教授的新家时，他一下子瘫坐在
地上，大口地喘着粗气，连那份平均的工钱都接不住了。

　　教授感动得要塞给他二十块钱小费表达心意，他摇头谢绝
了："说好的，是多少就是多少，不能多收的。"

　　那几个同伴便笑他太傻了，说他的脑袋里灌水了，太不会
办事了。

　　他不置可否，坦然地走了。每次干活，他仍然特别卖力，
只为挣一份心安理得的工钱。

　　冬日的一个早上，他在落雪的人行道上急匆匆地走着，他

要先去邮局给家里邮一笔钱，然后去接一个同乡介绍的一份好活儿。

走着走着，他忽然看到一辆没有牌照的汽车将一位老人撞倒在路边，肇事的汽车飞快地溜走了，只留下昏迷的老人躺在地上。过往的路人生怕惹麻烦，纷纷躲到一边，只有他赶忙跑过去，伸手拦了一辆出租车，把老人送到了附近的一家医院，并掏出了兜里的钱把老人送上手术台。

老人的家人赶来后，以为是他惹的祸，非但没有感谢他，还要他拿医疗费。而这时，被摔成脑震荡的老人也无法帮他说明真相。

他百口莫辩，委屈得眼泪都流出来了。争执了两天后，恰巧一位当天的目击者来医院，把当天的事情经过告诉了老人的家人。

老人的家人羞愧难当，他们说："没想到一个打工者会做这样的好事。"他们忙拿出一笔钱来答谢他，被他拒绝了：

"碰上这样的不幸，你们心情不好，我能够理解。再说了，我做这件事可不是为了让你们感谢的。"说完他一身轻松地离开了医院。

他的同乡知道他为了救一个素不相识的老人，不但丢掉了一份好活儿，还受了一顿冤枉，直笑他太傻了，简直是天下难找的傻瓜。

他却呵呵地笑着，一脸的无悔无怨："傻就傻吧，反正我没做错事。"

如今，他依旧是那座城市里辛苦的打工者，依然喜欢犯傻，做了很多叫人摇头的"傻事"。

有一天，他帮一个逃债的老板看库房，冻伤了双脚，被送进了医院。一位记者报道了他的事迹，他的名字和照片上了那座城市非常有影响力的晚报。于是，他成了那个严冬里给人们带去温暖和感动的人。人们都说他像电影《天下无贼》里的傻根，傻得亲切，傻得可爱。

再后来，他被工作的那座城市评为"十佳打工者"，户口迁进了城市，还被一家大公司录用了，有了一份体面且收入稳定的工作。

有些傻，其实是真正的聪明。厚道地做人做事，可能会吃亏一时，但不会永远吃亏。就像阳光有时会被乌云遮挡，但它温暖的光芒总会被我们感受到。故事中的"他"虽然很朴实，但有着高贵的品质，是我们学习的榜样。♥

47

两克的善良

文/刘香玉

九月底，天气突然变凉了起来。萧雅从老师的办公室出来，心情也似这金秋的天一样，变得清爽了。已经拖了好久的学费，终于在收到父亲的来信之后交了上去。

她知道，为了这笔学费，父亲在遥远的城市不知道要起早贪黑辛劳多久。但学费还是交上去了，她又可以坐在教室里安心地学习了。

她想：过了这一学年，高考就要来了，自己一定要刻苦学习，争取考到父亲打工的那座城市，这样就能经常见到父亲，还能帮帮父亲，让父亲不再那么操劳。

萧雅路过篮球场的时候，看到班里的几个男生正在挥洒着汗水，这让她想起了此时此刻也许正在地里忙着秋收的母亲。是啊，父亲出门打工了，自己又住校，家里可不就剩下母亲一个人了吗，家里的农活儿可不就指望着母亲那瘦弱的身体了吗！

想起母亲的身体，萧雅刚刚舒展的心又像行道树上飘下的黄叶一样皱了起来。她不禁加快了脚步，心想：只要拼搏了，明年春天也许是一个丰收的季节。

刚踏进教室，同桌琪琪就跑到萧雅跟前，神秘地附着她的耳朵说："刚才来了个老头找你，我说你去老师办公室了，他就去找你了，很急的样子。他是你什么人啊，爷爷？"

萧雅来不及回答，马上转身跑出了教室。从琪琪的描述中，她知道一定是父亲来了，再说，除了父亲，还有谁会来看望自己呢？

到了老师的办公室门口，萧雅敲了两下门，听到"进来"的话后，推开了门。

映入萧雅眼帘的是站在老师办公桌前满身泥灰的父亲的背影，那么干瘦，那么苍老。

这时，父亲转过身，激动地看着萧雅，满脸急切地问："小雅，拖了这么长时间还没给你寄学费，你一定非常着急吧？"

听到这话，萧雅满脸疑惑。她看到父亲从怀里掏出一个破旧的塑料袋，解开来，取出皱巴巴的一卷钱。

萧雅的父亲一边递给老师钱，一边满口地道歉。这时，老师也懵了，说："学费不是已经交过了吗？"

“交过了？小雅，难道是你妈给你借的钱吗？”萧雅的父亲很诧异。

“不是我妈借的。不是你寄来的吗？夹在两张纸中间。”萧雅疑惑地回答。

“啊？！”萧雅的父亲发出一声苍老的感叹之后，就给老师和萧雅讲述了他的遭遇。

原来，萧雅父亲的工队刚发了工资，他就急匆匆地去邮局寄钱，可赶到邮局的时候，邮局已经下班了，萧雅的父亲又不放心把那么多钱投到邮局门口的邮筒中，只好返回工地。可在回去的路上，萧雅的父亲不小心被一辆拉大桶水的三轮车蹭了一下。

萧雅的父亲没有责怪拉水的师傅，只是着急赶回工地把下午落下的工补上。但到了工地后，他却发现要寄的信不见了。这可急坏了他。他一连几天不吃不喝，一遍遍地在去邮局的路上寻找，逢人就问，可怎么也没有找到。没办法，父亲只好向工友们伸手借钱。可工友们的日子也都紧巴巴的，只好东家五块，西家十块地凑。

等钱终于凑够了，萧雅的父亲又怕邮寄耽搁时间，就连夜赶到了萧雅的学校。

可信怎么会寄到萧雅的手中了呢？现在他们恍然大悟，一定是有人捡到

了信，看到写了地址，就顺手把信投到了邮局门口的邮筒里……

萧雅的父亲喜极而泣，感叹着世上还是好人多。

出了办公室，萧雅的父亲那长满老茧的手从那卷钱里抽出了一张十元的，递给了萧雅，然后把剩余的钱又放回到塑料袋，说是回去要还给工友。

萧雅送父亲出了校门。起风了，秋风吹卷着父亲的乱发，衬着父亲那身颜色斑驳的衣服，让萧雅忽然觉得父亲是那么的帅，那么的酷。这时，几片落叶吹到萧雅脚下，她捡了起来，笑了……

拾到那封信的人也许不会想到，他的一个善良的举手之劳会温暖一个素不相识的人的一生，让一颗青春的心更加坚强。他或许不会在意别人的感恩，但他的这一善良之举，虽然只是投递两克的重量，却足以使他人感动一生。

心灵鸡汤

一笔好不容易凑上的学费被萧雅的父亲丢了，可是陌生人捡到装学费的信后没有据为己有，而是直接投进了邮筒，传递着爱的接力棒。在这个世界上，善良的人无处不在，也许我们不认识他们，但却能真切地感受到他们传递的温暖。♥

"我"经常送给别人一些小礼物，并相信收到礼物的人一定会感激"我"，但是这天的一件事使"我"改变了想法……

吝啬的慷慨

文／刘国华

　　我一直以为自己是一个慷慨的人，因为我很喜欢送东西给别人，比如我不喜欢的衣服、玩具和饰物等。

　　我以为接收过我的小礼物的人一定会喜欢并感谢我。但是，父亲却不这样认为。在他看来，我的行为表面上看是慷慨，其实是吝啬。对此，我不以为然。

　　有一天，父亲带我去拜访他的上司。告辞时，他的上司送给我们一箱苹果。 回到家，我和父亲把箱子打开，发现里面是一些皱皱巴巴、比鹅蛋大一圈的小苹果。我忍不住大叫："什么破玩意儿？还没有咱家的好！扔了都没人要！"

　　父亲指指地上的苹果，说："这些苹果至少告诉我们两个信息：第一，这是别人送的，如果

是自己买的就不会放这么久了。第二，这是他们吃不了挑剩的，扔了又觉得可惜，就顺便送给我们。"

我看也不看那些苹果，从鼻子里哼了一声："哼，什么破玩意儿！"

"对，什么破玩意儿！你要永远记住这句话。当你把自己不喜欢、不需要的东西送给别人时，你得到的就是这句话！"

我的脸刷地一下红了。我想起以前送给别人的那些穿过的衣服、挑剩的玩具、不喜欢的饰物，当他们回到家打开时，他们也一定说过相同的话。

父亲看着我说："记住，不要把别人当傻瓜。他会和你一样，知道这东西的价值。要么不送，要送就把自己认为最好、最喜欢、最舍不得的东西送给别人。"

把自己不喜欢的东西送给别人，这是一种不好的行为，是不尊重他人的表现。这种行为看似慷慨，实际上是吝啬的表现。只有把自己喜爱的东西送给别人，才是以真心待人，才能得到他人的感激和尊重，赢得宝贵的友谊。♥

鲁班拜木匠师父为师，可是师父一开始并不教他怎么做木工活儿，却让他磨斧子、磨刨子……这是为什么呢？

鲁班学艺的故事

文/孙晓华

鲁班十二岁时，听说终南山上有一位本领高超的木匠，就决定去那里拜师学艺。这一天，鲁班辞别父母，翻过一座座高山，蹚过一条条小河，历尽千辛万苦，终于来到了终南山顶。

等鲁班拜见了木匠师父后，师父推给他一个箱子，说："跟我学手艺，就得用我的工具。可我已经很多年没用这些家伙了，你拿去修理一下吧！"鲁班打开箱子一看，那斧头又锈又钝，刨子也长满了锈，是该好好修理一下了。鲁班二话没说，卷起袖子就磨了起来。他白天磨，晚上磨，一连磨了七天七夜，斧子才锋利了，刨子也光滑了。

当鲁班把斧头递给师父看时，师父点头笑笑说："现在试试你磨的这把斧子，你去把门前那棵大树砍倒。"鲁班拿着斧头来到树下。呀！那棵大树可真粗，恐怕几个大人都抱不过来呢！不过，他没有被吓倒，抡起斧头就砍，足足砍了十二天，才把树砍倒。

鲁班进屋见师父，师父又让他把大树刨得光光的。鲁班拿着斧头和刨子来到树前。他先用斧头砍去了大树的枝丫，然后用刨子刨了几天几夜，才把那棵大树刨得又圆又光。

师父看了后笑着说："你真是个不怕吃苦的好孩子，我一定把我全部的手艺都传给你！"从此，鲁班跟着师父苦学了三年的手艺，最后成了一个能工巧匠。

心灵鸡汤

师父之所以先让鲁班磨斧子、磨刨子、砍树，一是为了考验鲁班的耐力和勤奋劲儿，二是为了让鲁班得到锻炼，为学好手艺做准备，因为做木工活儿需要耐力和吃苦的精神。我们在平时也应培养自己吃苦耐劳的品质，这样才能做成大事。♥

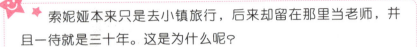
索妮娅本来只是去小镇旅行，后来却留在那里当老师，并且一待就是三十年。这是为什么呢？

玛丽小姐住在伊文斯顿

文/沈岳明

　　索妮娅背上旅行包，她对开学前的这次单身旅行充满期待。她来到犹他州边界一个叫伊文斯顿的小镇，这里属于山区，因为交通不便，经济非常落后。但这里风景优美，很多原始风貌没有被开发和破坏。

　　当索妮娅来到一座破烂的木屋前时，她兴奋地举起照相机准备拍照。突然有几十个孩子从她的身后冒出来，齐声冲她喊："老师好！"

　　索妮娅赶紧回答："孩子们好！"

　　这时，一位驼背的老人从孩子们中间走了出来。他对索妮娅说："我叫凯文，是这所学校的校长，非常欢迎新老师的到来。"

　　索妮娅惊讶地问："你怎么知道我是一位老师呢？"

　　凯文回答说："难道你不是从首府盐湖城来的玛丽小姐吗？我们在这里等你很久了！"

　　索妮娅确实来自

盐湖城，但她不是孩子们等待的玛丽老师。就在她打算告诉凯文老人真相的时候，她看到孩子们充满期待的眼神，突然犹豫了，她不忍心让孩子们失望。于是，她笑着说："是的，我就是你们新来的老师玛丽小姐。孩子们，现在就带我去你们的教室好吗？"

听完索妮娅的话，孩子们立即欢呼起来，争先恐后地拉着她往教室跑。

就这样，索妮娅在偏僻的伊文斯顿学校留了下来。起初她想，反正自己是外出旅行的，代几天课，教教这里的学生也好，等玛丽老师一来，她就走。可是开学快一个星期了，玛丽老师还没来。这下索妮娅慌了，盐湖城的学校还等着她回去报到呢！

索妮娅终于下定决心，找到凯文校长说明自己的真实身份。谁知凯文校长听后并没有感到惊讶，他平静地说："其实我早就知道你不是玛丽小姐，因为玛丽小姐已经来信说她有了更好的去处。只是孩子们执意要等玛丽小姐，并且意外地等到了你，我才故意说你就是玛丽小姐。我知道你迟早是要走的，谁愿意永远留在我们这个穷地方呢？这些天你给孩子们带来了许多欢乐，我代表他们谢谢你！"

虽然索妮娅对孩子们恋恋不舍，但她不想留在这里。在犹他州的首府盐湖城，不但有她的家，还有一所条件很好的学校等着她去当老师呢。

第二天一早，索妮娅就收拾好行李，准备坐车返回盐湖城。可就在她即将启程的时候，孩子们整整齐齐地出现在了她面前。

一名叫丹尼尔的小男生站出来，带着哭腔说："玛丽小姐，只要您不走，我以后再也不跟同学们打架了！"

一名叫罗伯特的小男生也站出来说："玛丽小姐，只要您不走，我以后一定会听您的话，每天跑步，争取将体育课考及格！"

接着是一名叫琼斯的小女生，她说："玛丽小姐，只要您不走，我再也不会到您那里告同学们的状，惹您生气了。"

这时，孩子们齐声呼喊："玛丽小姐，您不要走，我们都听您的话！"

索妮娅惊呆了，沉默半晌后，她说："孩子们，我决定不走了，永远留在这里当你们的老师，好吗？"话一出口，连索妮娅自己都吓了一大跳。而此时，不仅是孩子们，就连年迈的凯文校长也高兴得跳了起来。

索妮娅当即向盐湖城的那所学校递交了辞职信，并告诉学校的校长原因——伊文斯顿学校的孩子们需要她。

就这样，索妮娅在伊文斯顿学校一待就是三十年。

如今，伊文斯顿学校的规模可与犹他州任何一座城市的学校相比。每年新生入学的第一堂课，老师们都会讲索妮娅的故事。有趣的是，直到索妮娅退休，孩子们都一直称呼她为"玛丽小姐"。

索妮娅退休后，她的学生中也有人主动用"玛丽小姐"这个名字留下任教。直到现在，伊文斯顿学校里还有叫"玛丽小姐"的老师呢。

在犹他州，"玛丽小姐"不仅是一位老师的名字，它还代表着爱心和奉献。每当遇到那些有爱心、乐于助人的人时，人们总会竖起大拇指，称赞其为"玛丽小姐"。

心灵鸡汤

有时候，有些谎言是善意的。为了不让孩子们的期待落空，索妮娅放弃了盐湖城那所学校的工作机会，选择在偏僻的伊文斯顿学校执教，并且一待就是三十年。能让她坚持这么久的原因就是因为她有一颗爱心。♥

可怜的小珊迪为了换回找给顾客的零钱，不幸遭遇了车祸，他在临死前仍然不忘找回客人买火柴的零钱……

卖火柴的小男孩

文/[英国]迪安·斯坦雷

故事发生在爱丁堡。有一天，天气很冷，我和一个同事站在一家旅馆的门前说话。这时走过来一个小男孩，身上只穿了一件又薄又破的单衣，瘦瘦的脸冻得发青。他对我们说："先生，请买盒火柴吧！""不要，我们不需要。"我的同事说。"买一盒火柴只要一个便士呀！"可怜的小男孩请求着。"可我们并不需要火柴。"我对他说。小男孩想了一会儿，最后又说："我可以一便士卖给你们两盒火柴。"为了使他不再纠缠，我便买了一盒。可是当我掏钱时，发现没有零钱了。小男孩又请求道："我现在饿极了，我可以跑着给你去找零钱回来。"于是我给了他一先令，他跑掉了。我等了很久没见他回来，便猜想我可能上当了。

晚上，旅馆的人告诉我有一个小男孩要见我。当小男孩被带进来后，我发现不是原来的那个小男孩，但可以认出这是他的弟弟。这个小男孩小心地问："先生，你就是买珊迪火柴的那位先生吗？""是的。""这是找给你的零钱，"这个小男孩说，"珊迪不能来了，他刚才受了伤。一辆马车把他撞倒后，从他身上轧了过去，医生说他会死的……"

我立即随小男孩去看珊迪，这才知道他俩原来是孤儿。珊迪一看见我，便难过地说："我已经找回零钱了，谁知道回来时被马车撞了。我可能就要死了。啊，可怜的小利比！我死后你怎么办呢？可怜的利比！"我抓起他的手，说："我将永远照顾小利比。"听了我的话，珊迪满怀感激地看着我，突然他眼里的光消失了……

可怜的小珊迪在临死前还不忘找回客人买火柴的零钱，可见他是多么的诚恳和守信用。为了找回零钱，他甚至付出了自己的生命！生活中，我们也应努力做到言出必行、信守承诺，这样才能赢得他人的信任和尊重。♥

美丽的胎记

文/谢露静

查理是个自卑而孤单的孩子，他的脸上长了一块丑陋的胎记。紫红色的胎记从他的眼角一直延伸到嘴角，使得他原本很漂亮的小脸变得有些吓人，所以同学们都不太愿意和他玩。查理苦恼极了。

二年级时，查理进了伦纳德夫人的班级。伦纳德夫人很漂亮，很和蔼。她长着一头金光闪闪的头发和一双笑眯眯的眼睛。每个孩子都喜欢她，敬慕她。

一天，伦纳德夫人给同学们讲了这样一个故事："十年前，

有一个小男孩快要
出生了。她的妈妈
非常爱这个孩子，
于是，她向上帝祷
告，请上帝赐给她
一个与众不同的孩

子。上帝答应了她的请求，不但给了这个孩子特殊的才能，还
让天使在他的脸上吻了一下，给他做了一个紫红色的记号，好
让妈妈能很快找到他。你们知道这个孩子是谁吗？"

听了伦纳德夫人的故事，同学们都把美慕的目光投向了查
理，原来，他就是那个被天使吻过的孩子啊！从那以后，孩子
们都争着抢着和查理玩耍，他们甚至抱怨为什么自己出生的时
候没有被天使吻过。

而查理呢？他再也不像从前那样自卑了，因为他有着"幸
运"的胎记。他开始试着参加一些公开的活动，也变得开朗自
信了。凡是和他打过交道的人，都会不由自主地喜欢上他。

如今，查理脸上那块曾使他万分苦恼的胎记也仿佛变得美
丽了！

心灵鸡汤

伦纳德夫人给学生们编造了一个充满爱的谎
言，说查理脸上的胎记是天使吻过后留下的记号，
消除了其他同学对查理的歧视。如果我们身边有长
相丑陋或肢体残疾的小朋友，我们也不要歧视、冷
落他们哟！♥

在亲子教育试验中，所有的妈妈都能凭触摸认出自己的孩子，但有些孩子却认不出自己的妈妈，这是为什么呢？

母爱的种子没有发芽

文/蒋光宇

在北京市怀柔区曾进行过一次关于亲子教育的实验。在实验正式开始之前，主持人让所有的孩子和妈妈都戴上眼罩。然后，他让所有的孩子在黑暗中通过触摸每个妈妈的手来找出自己的妈妈。结果，有五个孩子没有找到自己的妈妈。

接着，主持人又让所有的妈妈在黑暗中通过触摸每个孩子的手来找出自己的孩子。结果，所有的妈妈都认出了自己的孩子。大家不禁要问：为什么孩子不能顺利地找到自己的妈妈，而妈妈却都能顺利地找到自己的孩子呢？

亲子教育实验的结果公布后，媒体就这个问题展开了讨论。不少人踊跃参加，畅所欲言，各抒己见。

一位参与实验的白领母

亲承认："尽管母爱是人世间最神圣的感情，是不求索取和报答的爱，但非常遗憾，我们这些人的母爱就像播洒在孩子心田里没有发芽的种子。"

一位下岗的工人母亲悲痛地说："孩子小还情有可原，要是大了之后还是不懂得爱和尽孝，那就太可怕了。邻居家的一位父亲为了给上大学的孩子交学费，每年都卖血。可孩子却不好好学习，拿父亲卖血的钱去交女朋友、谈恋爱。"

一位教育专家说："谁不会爱，谁就不能理解生活。母亲是孩子未来命运的创造者，要让孩子长大以后爱祖国、爱人民、爱人类，就必须让母爱的种子早日发芽、成长、开花、结果。"

当有些妈妈没有被孩子认出时，可以想象她们的心情会有多失落。如果孩子并不在乎自己的妈妈，体会不到妈妈无私的爱，这是多么悲哀的事情啊！对他人的爱不知感恩，是一种可耻的行为，我们千万不要效仿。♥

十九年前，"我"借给了别人五元钱，可那人后来并没有还钱。事隔多年，当年借钱的人却专门找"我"还钱来了……

诺言

文/贾宝花

十几岁时，我认识了一个朋友，他有个奇怪的名字——能干。一次，能干找我借了五块钱，并保证一定会还我。

一天，我到一个同学家去玩，他对我说："忘了告诉你，能干喜欢找人借钱，借了就不还。"我一听，后悔不迭地说："你怎么不早说，我已经借给他了。"果然，以后能干见到我再也没提还钱的事，我也不好意思找他要。后来，我到外地上学，这件事也就慢慢地忘了。

一晃十几年过去了，能干却意外地找到了我。没说几句话，他就掏出一个本子，我一看，都是什么时候借过谁多少

钱，里面也有我的名字。能干认真地说："今天我是来还钱的。"我笑了："不就五块钱吗？都这么多年了……"

"不！我说过一定会还的！"能干坚决地说。然后他递给我一个信封，上面印着几个大字："永远的感谢！"里面是五十几块钱，他说是按这些年的最高利息支付的。接着，他给我讲了事情的经过。原来，那时他的妈妈生病了，花光了家里的钱。小小年纪的他只能卖冰棍、捡垃圾、借钱为妈妈治病，直到妈妈病故。

这么多年，他历经艰辛，却一直抱着一个信念：一定要把借别人的每一分钱都还上！

心灵鸡汤

有时候，一句承诺可能要等很久才可以兑现，但是我们要牢记：一定要信守自己的诺言。人与人之间交往最重要的就是信用，言而无信的人会令人感到厌恶，而信守承诺、真诚待人的人，才能得到他人的信任和尊重，赢得友谊。♥

当危险来临时，两个伙伴中的一个独自爬上树，免受恐慌和惊吓，但同时他也失去了另一件东西，那就是友谊。

朋友

文/杜富中

　　有两个人是好朋友，他们结伴去探险。在上路之前，他们约定要同生死，共患难，在任何情况下都不会背叛对方。

　　他们一起走了好久好久。有一天，他们在森林里遇到一只大黑熊，两个人都害怕极了。在这危急关头，其中一个人抛下同伴，飞快地奔向旁边的一棵小树，爬了上去。眼看着黑熊越来越近，另一个伙伴来不及跑了，他想起曾有人说过熊是不吃死人的。于是，他躺到地上，屏住呼吸，一动不动，好像死了一样。

　　这时黑熊发现了他，便咆哮着冲过来，俯下身子，用爪子把他翻过来转过去，还舔舔他的脸。这个人努力屏住呼吸，不敢弄出一点声响，全身僵直，装死装得更像了。这只黑熊围着他转了半天，以为他真的死了，就从他身边走开了。

　　树上的那个伙伴看黑熊走远了，这才从树上爬了下来，问他那装死的朋友："你躺在地上时，那只熊在你耳边转来转去，都对你讲了些什么？"

　　"它给了我一些忠告。"这个伙伴回答说，"它告诉我，不能和那些不遵守承诺、在危急时刻遗弃朋友的人交朋友。如果遇到这种人，就要尽快离开他。"

　　说完，他毅然离开了他的伙伴，独自一人走了。

心灵鸡汤

　　当初信誓旦旦、保证绝不背叛朋友的人，到了生死关头却只顾自己逃命，他不但违背了自己的誓言，更失去了朋友的信任。我们千万不要做这样的人，这样将失去所有的朋友，因为没有人愿意和一个自私、虚伪的人打交道。♥

父亲的菜虽然没有别人的菜好看，但却很受欢迎，这究竟是怎么回事呢？

千万别洒水

文/仲利民

我读中学时，家里还比较贫困，父母都是农民，成天劳碌也不见有多少收益。为了供我读书，父母除了种些粮食外，还种菜，把收的菜运到菜市场去卖。这样虽然会比卖给菜贩子多赚几个钱，但是人挺受苦，父亲需要在前一天晚上就把收割的菜整理好，第二天凌晨去菜市场占位置，一直到傍晚才能收摊。

奇怪的是，父亲只是把从地里割的菜的枯叶摘除掉，清除

根部的泥土后，就扎成捆。而村里别的人家都是把菜洗干净，打扮得很鲜嫩。我总是想不通，一向勤劳的父亲怎么在这件事上懒惰起来。有几次，我提醒父亲把菜搞得好看些，争取卖个好价钱。可是父亲告诫我说："千万别洒水。"

假期里，我有时间也会帮父亲去卖菜。到菜场里，看到别人家的菜鲜嫩、水灵，而我家的菜却土头土脑的。来菜场里买菜的人都喜欢买那些鲜嫩的菜，看到别人的菜卖得很快，我们的菜却无人问津，我就忍不住埋怨父亲。想不到父亲并不着急，而是要求我把菜价要得比别人稍低一些。终于有位年轻的妇人问价了，可是她反复地翻看我们菜摊上的菜，一副很挑剔的样子。当她要求菜价再低点时，父亲却分文不少。正在我担心的时候，没想到妇人买了我们的菜。

渐渐地，到我们菜摊来买菜的人越来越多，而别人摊上的菜已经开始甩卖了。来我们菜摊上买菜的人有的连价也不还就买，有的嫌贵，转遍了菜场还是来我们这里买。等过了中午，别的菜摊上的菜有的已经腐烂，可我们的菜虽然土气，但散发着泥土的馨香。父亲告诉我，那些菜用水洗过，或者洒过水，刚开始看着鲜艳，可是过不了多久就会变质、腐烂。而我们的菜不用水洗，虽然不好看，但能长久地保鲜。

也许是经过父亲无声的熏陶，我总是脚踏实地地做事，保持平和的心态去面对失败与成功。我很感谢父亲教给我受用一生的做人道理。

故事中的父亲就像菜摊上没有用水洗过的菜，虽然土气，但却保留了做人的诚实和厚道，让"我"在潜移默化中学会如何做人。面对生活中的诱惑，我们要坚守自己内心的那份真实，永远不要急功近利，因小失大。♥

情同朱张

民间故事

东汉时，南阳有两个人，一个叫朱晖，一个叫张堪。张堪在很早以前就听说朱晖品德高尚、非常讲信用，因此对他十分仰慕。

一个偶然的机会，二人在太学府里结识了，彼此志同道合，谈得很投机。分手时，张堪对朱晖说："我有一件要紧的事想托付给你，希望你能答应。我体弱多病，恐怕不久于人世，我死后，希望你能帮忙照顾我的妻子儿女。"

朱晖认为张堪做官的时间比自己长，资格也比自己老，他怎么敢受此重托呢？因此，他对张堪的话只是一笑置之，并没有在意。二人就此分别了，后来再也没有见过面。

过了几年，张堪果然病逝了。朱晖听说张堪的妻子儿女生活贫困，便亲自前去探望，并送给他们很多财物。

打这以后，朱晖十分关照张堪的妻子儿女，就像对待自己的亲人一样。他的儿子很不理解他的这一番举动，忍不住埋怨道："父亲过去和张堪并没有太多的交往，何必对他的家人如此关怀备至呢？"

朱晖回答说："张堪生前曾把家人托付给我，是因为他信得过我，我必须讲信用，不能辜负他的嘱托啊！"

心灵鸡汤

朱晖对张堪的嘱托，在没有任何承诺的情况下就自觉履行了，这可以说是朋友之间信守承诺的一种最高境界。信守承诺，不仅仅是要履行已经许下的诺言，更重要的是要坚守亲情、友情等世间可贵的真情，为信任自己的人做一切该做的事情。♥

谁能想到，一个当初需要受他人资助的穷小伙子，在很多年之后，却成了他的恩人的资助之人……

穷小伙子和大钢琴家

文/颜艳群

很多年前，有两个贫穷的小伙子在斯坦福大学边上学边打工。他俩想给一位著名的钢琴家举办一场音乐会，好挣些学费。

这位大钢琴家就是伊格纳希·帕德鲁斯基。他的经纪人提出的条件是两个小伙子必须至少挣到两千美元，超过两千美元的部分才是小伙子们的。小伙子们答应了，开始拼命工作，但是音乐会开完后，他们发现总共才挣了一千六百美元。

怀着忐忑不安的心情，小伙子们去找大钢琴家，把挣到的一千六百美元全给了他，还附上了一张四百美元的空头支票。他们许诺一定会把余下的四百美元

挣到，钱一到手，立刻就会送来。"不，孩子们，"帕德鲁斯基回答说，"不必这样，完全不必。"说完他把支票撕成了两半。他把一千六百美元也送还到他们的手中，说："从这些钱里扣除你们的食宿费和学费，剩下的钱里再拿去十分之一，那是你们工作的报酬，其余的归我。"

许多年过去了，第一次世界大战结束了。帕德鲁斯基担任了波兰的总理。大战后成千上万的饥民在呼救，身为总理的他四处奔波，当时能切实帮助他的只有一个人，那就是美国食品与救济署的署长赫伯特·胡佛。胡佛收到波兰总理呼救的信后，很快便将成千上万吨食品运到波兰，拯救了成千上万的饥民。不久，帕德鲁斯基见到了胡佛，向他表示感谢。胡佛回答说："不用谢，完全不用。帕德鲁斯基先生，有件事你也许早忘了。早年有两个穷大学生很困难，是你帮助了他们，其中一个就是我。"

心灵鸡汤

俗话说："立事先立人，立人先立德。"一个人的道德修养是其事业发展的基础。一个品德败坏的人是做不成大事的，因为他会处处受到人们的厌恶和排挤。我们在学好知识的同时，也要注意加强品德修养，做一个德才兼备的人。♥

有个人从很远的地方来求唐伯虎作画，但是当他得到唐伯虎的真迹时，却轻易地与它失之交臂……

求画

文/喻寒菊

明朝时有个人叫王好名，最爱收藏名人书画。有一天，他无意间得到了一把珍贵的古扇，高兴极了。他想：假如扇面上再配上唐伯虎的画，就十全十美了！

为了实现这一愿望，王好名立即动身去苏州，求唐伯虎题画。到了苏州附近，王好名在摆渡船上遇到了一个年轻的书生，两人一见如故。书生见他手里紧攥着一把扇子，便问："兄台，请问这扇子是……"王好名得意地说："我这次跑这么远，就是想求大才子唐伯虎在我的宝扇上题画。"说着，他把扇子小心翼翼地递给书生。书生看过扇子，笑道："扇子倒是把好扇，千年难得。只是听说唐伯虎外出访友去了，一时回不来。"王好名听了，

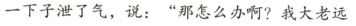

一下子泄了气，说："那怎么办啊？我大老远跑来这里，不能就这么回去了吧！"

书生见他确实是诚心求画，便说："兄台如不嫌弃，容小弟给你画上几笔如何？"王好名勉强答应了。书生取来笔墨，瞬间便勾勒出了三只栩栩如生的河虾。王好名一看，画功确实一流，可一想到自己是来求唐伯虎题画的，现在好好一把宝扇却被一个无名书生糟蹋了，不由得越想越生气。

书生见他一下子变了脸，赶紧说："兄台，如果你不满意，那我把它洗掉吧。"说完，他俯下身子，把扇子伸向水中，轻轻抖了抖。奇迹出现了！画上的三只河虾居然跳到水中，眨眼间全游走了！王好名看得瞠目结舌，半天没回过神来。

船到岸时，书生把扇子还给王好名，说："兄台只求虚名，不求好画，恐怕等一个月，唐伯虎也不会给你作画的。"

王好名望着书生远去的背影，突然恍然大悟，说："哎呀，我真是有眼不识泰山，这不就是唐伯虎本人吗？"

心灵鸡汤

王好名并不是真心求画，他只是想借唐伯虎的名声来满足自己的虚荣心，因此即便得到真正有价值的东西也不识货。在生活中，我们不要爱慕虚荣，和他人攀比，这样将使我们丢掉很多宝贵的东西。♥

让恨像花儿一样

文/蝶舞沧海

她曾是一个美丽健康的小女孩，有一双灵巧的手，会画画，会弹钢琴，人人都说她是个小天使。

十一岁的时候，她的父母离婚了，她被判给了父亲。继母是个恶毒的女人，对她非打即骂。她吃不饱穿不暖，满身伤痕，还要担负粗重的家务。即便忍气吞声，她还是躲不过一场灾难。一天夜里，丧心病狂的继母挥刀砍下了她的右手，她的人生从此残缺不全。

小小的她第一次懂得什么叫仇恨。继母被关进牢中服刑，亲生母亲流着泪将她接到身边。

从一个正常人到残疾人，她所经历的身心痛苦不言而喻。她的右臂成了一根肉棍，只能一切重新从左手学起。穿衣，吃饭，写字，游泳，骑自行车，每学一样都像在刀尖上舞蹈，是血与泪的交织。而每一次血泪和疼痛，都让她更恨继母。

有些戏剧化的是，不久父亲又离婚再娶了，那个恶毒女人和父亲所生的小男孩也和当初的她一样有了同样恶毒的继母。小男孩不仅受到她所受过的苦，还遭尽外人歧视，甚至连读书的机会都没有，成长得比她更为凄酸。

"报应，这就是报应！"她的母亲咬着牙说。

她却沉默了，一副心事重重的样子。让她的母亲无法理解的是，从那以后她经常往小男孩那儿跑，偷偷给他送好吃的，还把自己的零用钱给他。

时光飞逝，虽然她在高考中以优异的成绩考入大学，但学费无着落。由于她身份特殊，自强自立，电视台为她募得了两万元学费。念四年大学，两万元已算拮据，她却将募款拿出一半分给了小男孩。

媒体得知此事后，一片哗然。记者采访她，问她为什么要这么做。她说，那年他才一岁多，一切都不关他的事，他是无辜的。她还说，自己辛苦点没关系，但他八岁了，应该上学了。她还说，她大学毕业后，如果继母没出狱，她会供他上学。

这个善良女孩的做法使牢狱中的继母愧疚忏悔，也使千千万万的电视观众感动和反思。她的深明大义，让我们在这个残酷的故事里看到了人性的光辉与美好。

很多时候，面对仇恨，我们总是把它当种子一样种在心里，报复他人的同时也伤害了自己。而让恨像花儿一样开在哪里便谢在哪里，这才是一种境界，才是人与人之间温馨和睦的真谛。

心灵鸡汤

故事中的女孩被恶毒的继母砍断右手，却对有和她一样遭遇的继母的孩子伸出爱的援手。她把仇恨化作爱，感化了扭曲的心灵，也温暖了所有人的心。面对仇恨，选择宽容虽然很难，但它能让灵魂苏醒，让冰冷的心重新感受人间的温暖。♥

在年轻人彷徨的时候，有人不仅欣赏他的琴声，还让他的心感受到了阳光的温暖。

人性的爱抚

文/马德

这是个不大的小镇。中午的街道上空空的，没有几个人。树叶都打着卷，暗淡而又倦怠地耷拉着。偶尔有一阵风，也极微小细弱，人还没有感觉到，就消逝了。在这样热的中午，不会有什么顾客上门来买东西，这家店铺的男主人也有些困乏，忍不住趴在柜台上打起盹儿来。

突然，男店主被一阵窸窸窣窣的声音弄醒了。果然，靠门的地方，有一个年轻人正向里边漫无目的地张望着。他正要问些什么，年轻人突然又退了出去。他警惕地四下打量了一下自己的铺面，并没有发现异样。他正要趴在柜台上继续打盹的时候，年轻人又探头进来。

"你要买点什么？"他不失时机地问。

"我，我……"年轻人支支吾吾半天，也没说出什么来。他觉得事情有些蹊跷，仔细打量这个年轻人，除了满身的疲惫和蓬乱的头发外，穿戴还算整齐。然而最显眼的，是他背后的那把古琴，颜色红红的，像一簇火焰在燃烧。

"你到底有什么事？"他这次问的时候，故意让自己的语气变得耐心些。

"我，我是个学生，要参加来年高考。考试之前，我想去

市里的师范学校找个老师辅导辅导……"

男店主很机敏，一下子就听出年轻人的意思，就问："那你是问路，问去市里的路吧？"

"不，不，我不是。"年轻人显得有些局促不安，"我家里过得很不好，父亲老早就去世了，母亲养我已经很吃力了。我想，我想为您弹一曲琴……"说完这段话，年轻人似乎用尽了自己所有的力气和勇气。

男店主这才听明白年轻人的意思，刚要说什么，突然帘子一撩，从里屋走出一个睡眼惺忪的女人。"出去，出去，你们这种人我们见得多了。说白了，你们就是想要几个钱。我们这儿每天都有讨饭要饭的，编个谎话就想骗钱，没门。"女人嘴快，说话像连珠炮。年轻人变得更加局促起来，眼神中也藏着遮掩不住的慌乱。

男店主似乎没有听到女人在说些什么，他把自己坐的凳子拿过来，轻轻地放下："孩子，坐下来弹一曲吧。"然后便静静地站立在一旁，极欣赏而专注地看着年轻人。

乐声响起的时候，偌大的店铺里顿时像有清泉汩汩流淌起来一般，又似一阵清风在淡淡幽幽地吹拂，时而舒缓，时而低沉，进而绵长，营造出一种高雅而曼妙的意境。

一曲终了的时候，男人似乎被这乐声打动了。就在他走向那个放着营业款的抽屉的时候，女人紧走几步过来，伏下身子，一把按在抽屉上，又开始数落起来。男人有些不耐烦了，说："我不相信他是个骗子，至少，他的琴声是纯洁的！"

几年后，一位在音乐上颇有造诣的老师在大学课堂上为自己的学生讲起了这个故事。他说："当时，我在去那家店铺之前，已经去了好多家，但无一例外都被轰了出来。冷眼、嘲

笑，甚至是谩骂，几乎使我丧失了继续找下去的勇气。人在这个时候往往容易走极端。其实，不瞒大家……那个中午，我看到店铺里的那个男人睡着了，我的心里陡然升起了一股邪念——我想偷一笔钱。我当时甚至想，即使在这里不成功，我也要在下一个地方得到它。然而那个男人平和地接纳了我，他给了我钱，更重要的是，他的那句'至少，他的琴声是纯洁的'像一道耀眼的光芒映照在我的心灵深处，荡涤着我内心的尘垢。也就是这样一句刻骨铭心的话，把我从那个危险的边缘拉了回来。"

"是的，"他说，"一颗在困难中的心灵本已脆弱，这时候，善良就是一双温暖的大手，而宽容和肯定就是天底下最和蔼最慈祥的姿势，很容易把即将跌倒的生命拉起来，因为没有一个灵魂自愿蒙尘，也没有一个生命自甘堕落。"

"所以，"他顿了顿说，"当在困境或苦难中，人们向我们伸出救援之手的时候，我们不要忘掉人性原本的光辉，而在这人性的光辉中，宽容和肯定就是对寒冷而疲惫的心灵最温暖、最有尊严的爱抚。"

心灵鸡汤

当故事中的年轻人迫于生计，差点酿成大错的时候，是男店主的善良让他翻然醒悟，让他对生活充满了希望。因此，当别人犯错时，我们与其对其指责，还不如用爱和宽容让他认识到自己的错误，进而不断地完善自己。♥

平时表现积极、助人为乐的中队长在同学的椅子上吐痰？
如果不是她主动承认，大家真不敢相信啊！

认错的勇气

文/贾宝花

上课的铃声响了，老师走上讲台，同学们立即起立向老师敬礼。当大家坐下来时，只有任星星同学依旧站着，生气地望着身边的椅子。

大家奇怪地望着他，探头一看，原来不知是谁搞的恶作剧，在他的椅子上吐了一口痰。老师走过来，看了看椅子，脸色都变了。他回到讲台上，猛地一拍讲台，大声问："是谁干的？"我们吓了一跳，谁也没见过一向和蔼的老师这样生气。

"是谁？主动站起来承认！"老师的声音更高了。教室里静

悄悄的，似乎连大家的呼吸声都听得到。

这时，坐在任星星旁边的一个女生慢慢地站了起来。难道是她——中队长宋婉芸？不会吧？她可是助人为乐的典范、老师的得力助手，每次中队会的活动都少不了她的身影。她会干出这种事？大家都惊呆了，老师也惊讶得说不出话来。

她低着头，怯怯地用沙哑的声音说："对不起，我这几天感冒……我……不是故意的。"说完，她慢慢地走到任星星的旁边，用手绢轻轻地擦去痰，再用卫生纸把整个椅子擦了擦。做完这一切，她向任星星点了一下头，满脸歉意。

老师带头鼓掌，全班掌声如雷！宋婉芸同学因为感冒，不留神将一口痰吐在同学的椅子上，面对老师的大发雷霆，她当着全班同学的面勇敢地站起来，承认了此事是她所为。掌声则表达了老师和同学们对她"吐"这口痰的谅解，更是对她"处理"这一口痰的称赞。

心灵鸡汤

人人都可能犯错误，但不是所有人都敢于承认错误，毕竟这会使自己很难堪。但是只要你勇敢地迈出这一步，你的内心就能变得豁然开朗，而他人也会原谅你的过失。同样，当他人不小心犯了错误时，我们也要宽容地谅解他们。♥

弗雷德捡到了一把精致的小刀，他非常喜欢这把小刀，但是不知为什么，他的心里总觉得不舒服……

扔掉心中的石头

文/李小青

弗雷德捡到了一把精致的小刀，强烈的占有欲使他放弃了想要寻找失主的打算，把它留在了身边。一天，当他自豪地向伙伴们展示那把小刀的时候，汤姆怀疑地说："这把刀好像是佩里医生的。"

"别瞎猜。"弗雷德马上反驳。但他心里其实很害怕，自从拾到这把小刀以后，他总是害怕有一天被失主认出来。

暑假结束前，弗雷德鼓起勇气找到了佩里医生。"这是您的小刀吗，先生？"他紧张地问。

"哦，是的。"佩里医生认出了这把小刀，回答道，"但这把小刀已经丢失好多天了，我还以为找不到了呢，所以我又重新买了一把。"

"是我捡到了它，先生。"弗雷德说，"因为我非常喜欢它，所以把它藏了起来。现在我要把它还给您了，请您原谅我。"说完，弗雷德转身想离开。

"等等！"佩里医生叫住他，"我想，你现在有资格拥有这把小刀了，我把它送给你了。"

"哦？真的吗？"弗雷德高兴极了，"谢谢您，谢谢！"

从此以后，弗雷德再也不用提心吊胆地拥有那把小刀了，他可以名正言顺地向伙伴们展示它了。这真是一件令人高兴的事情啊！

你有没有把本不属于自己的东西据为己有？如果有的话，你的心里会不会感到忐忑不安呢？毕竟这种行为很不光彩。不经别人同意就占有别人的东西，实际上也是一种偷窃的行为，我们可不要养成这种不良习惯哟！♥

小男孩左琴科几次对爸爸撒谎，想掩盖被老师打了低分的事实。但是，真相最后被爸爸知道了，他受到惩罚了吗？

三本记分册

文/佚名

左琴科七岁了，刚上一年级。他的老师喜欢提问，还把学生回答问题的成绩写在记分册上，从一到五打分。

有一次，老师让同学们背诗。可是左琴科怎么也背不会那首诗，因为坐在他后边的几个孩子老是欺负他，所以他总是提心吊胆的。第二天，老师偏偏叫左琴科起来背诗，左琴科背不出来，老师就在他的记分册上记了一分。左琴科吓哭了，因为他还是第一次得一分。

下课后，他的姐姐廖利亚来找他一起回家。姐姐看了他的记分册，吃惊地说："左琴科，这下可糟了！老师给你的语文打了一分，你过生日时，爸爸就不会送照相机给你了。"左琴科急切地问："那可怎么办呢？"廖利亚说："我们有个同学干脆把记分册上有一分的那一页和另一页粘在一起，她的爸爸用手指舔

唾沫也没能揭开，这样也就没有看到那个分数。"左琴科犹豫地说："骗爸爸妈妈，这不好吧！"廖利亚不答，笑着回家了。

左琴科忧心忡忡地来到市立公园，坐在长凳上，盯着记分册上的一分，心里紧张极了。他在公园里坐了很久才回家，快到家时他突然想起刚才把记分册放在长凳上了。他顿时如释重负，高兴起来，因为这下他就没有记着一分的记分册了。回到家，他告诉爸爸记分册丢了。廖利亚听了他的话，笑了起来，还对他眨眨眼睛。

第二天，老师知道左琴科的记分册丢了，又给他发了一本新的。左琴科翻开新的记分册，发现语文栏里还是有个一分，而且画得更粗了。他十分沮丧，就把新的记分册往角落里面一

扔。过了两天，老师知道他的这本记分册也丢了，又给他填了一份新的，除了语文有个一分以外，老师还在品行的一栏上打了个两分，并且嘱咐他，一定要把记分册交给爸爸看。

下课后，左琴科去见廖利亚，廖利亚对他说："如果我们暂时把记分册上的那一页粘起来，这不算撒谎。等你生日那天拿到了照相机，我们再把它分开，让爸爸看上面的分数。"左琴科太想得到照相机了，于是他就把记分册上那倒霉的一页粘了起来。

到了晚上，爸爸说："喂，把记分册拿来！我想看看，你不至于会有一分吧？"左琴科紧张地拿了过去，爸爸打开了记分册，发现一个低分也没有，因为那一页被粘起来了。爸爸正翻阅着左琴科的记分册，这时他家的门铃响了起来。

一位妇女走进来说："前几天我在市立公园散步，看到长凳上有一本记分册，根据姓氏我打听到地址，就把它给您送来了。您看看是不是您的儿子把它搞丢了。"

爸爸看了看记分册，发现上面有个一分，顿时明白了一切。他没有骂左琴科，只是说："那些用谎话来骗人的人是十分滑稽可笑的，因为谎言迟早会被揭穿，要想人不知，除非己莫为。"

左琴科站在爸爸面前，满脸通红，他沉默了好久才说道："还有一件事——我把另外一本打了一分的记分册扔到教室后面了。"爸爸没有生气，脸上反而露出了笑容，看上去很高兴。

他抓住左琴科的双手，吻了吻说："你把这件事老老实实说出来，我非常高兴。这件事可能长时间内没有人知道，但你承认了，这让我相信你再也不会撒谎。就为这一点，我会送给你一架照相机。"

左琴科是一个幸运的孩子，因为他的爸爸对他十分宽容，但是试想一下，如果左琴科没有承认自己扔了记分册，爸爸也许不会原谅他。所以我们必须坦诚地对待他人，不能老是用谎言来遮盖自己的错误行为。♥

沙漠里的两个朋友

文/赵远

两个男孩相约去遥远的沙漠旅行。他们相处得十分融洽，一路上互相照顾着走过了很长的旅程。但是后来他们却为了一件小事争吵起来，其中一个男孩脾气暴躁，还打了他的朋友一个耳光。

被打的男孩觉得受到了很大的屈辱，但是他没有还手，而是独自走到帐篷外，默默地在沙子上写下："今天，我的好朋友打了我一个耳光。"第二天，他们继续往前走，一直走到一片绿洲，才停下来休息。

在绿洲的小河边，那个被打了一个耳光的男孩不小心跌进了河里。就在他慢慢沉下去，快被淹死的时候，那个打他的男孩赶来了。他毫不犹豫地跳进河里，将他的朋友救了上来。被打的男孩被救上岸之后，拿起小刀在石头上刻了一行字："今天，我的好朋友救了我一命。"

朋友看到他这么做，十分好奇，就问："我打了你之后，你把这件事写在沙子上；而我救了你，你却把这件事刻在石头上，这是为什么？"

男孩笑着回答："当被朋友伤害时，最好把这件事写在容易遗忘的地方，比如沙子上，那样风会将它抹去；而得到朋友的帮助后，一定要铭记在心，就像我把它刻在石头上一样。"

写在沙子上的东西很容易随风消逝，而刻在石头上的东西则可以长久地保存。在石头上刻字的男孩明白，朋友之间相处难免会有摩擦，但是真正的友谊是经得起考验的，所以要宽容地看待朋友的一些小过错，这样才能维持友谊的长久。♥

商人在江上遇到风浪，渔夫冒着危险赶来救了他。但当他第二次遇险时，渔夫却对他置之不理，这是为什么呢？

商人和渔夫

文/杨文婷

有一个商人坐船过江，遇到了风浪，他的船被打翻了。这时，前面来了一条小渔船，商人大声喊道："快救救我，我给你一百两金子作为酬谢。"渔夫顶着风浪把小船划到他的身边，伸出手，把他拉了上来。

到了岸上，渔夫见他浑身都湿透了，忙拿出毛巾让他擦干身上的水，又拿来一套旧衣服让他换了。

商人打量了一下渔夫，眼珠子一转，拿出十两金子说：

"喏，这是给你的酬金。"

渔夫看了看那十两金子，说："你刚刚不是说给一百两吗，怎么变成十两了？"

商人轻蔑地看着他说："你一个捕鱼的，一辈子都挣不了几个钱，给你十两金子你还不满足吗？还想要一百两，真是痴心妄想！"

渔夫听了生气地说："你明明说谁救了你的命，就送他一百两金子作为酬金，现在又反悔了，像你这样不守信用的人是不会有好下场的！"说完，渔夫气愤地转身离开了。

过了不久，商人外出办事，又要过江，在江上他再次遇到了风浪。碰巧的是，闻讯赶来的又是上一次那个渔夫。不过，当渔夫发现遇难的是上次不讲信用的商人的时候，立刻划着小船转身走了。一个大浪涌来，商人被卷走了。

心灵鸡汤

商人第一次遇险，渔夫冒着危险赶来救他，说明渔夫的内心是十分善良的。后来商人违背诺言，使渔夫看清了他的虚伪面目，因此再也不愿救他了。我们在生活中也要信守诺言，对办不到的事情不要轻易许诺，避免失信于人。♥

一个人买了一匹伤鞍的骡子，根本无法使用。可是当他得知骡子被家人卖了之后，举动却出人意料……

伤鞍的骡子

文/谢露静

宋朝建昌南城有个人叫陈策。一天，他去集市上买回了一匹骡子。这匹骡子膘肥体壮，毛色发亮，陈策十分喜欢。这天，他要用骡子驮运一些丝绸，伙计们将鞍放在骡子的背上，想不到骡子突然暴怒起来，将鞍甩在了地上。伙计们又试了几次，但只要鞍一上了骡子的背，它就发疯一般暴躁地狂跳。

伙计们将此事禀报陈策，陈策说："这是一匹伤鞍的骡子，不能负重，索性把它关到城外闲置的老屋里，每天给它一些草料，让它慢慢老死吧。"陈策的儿子认为白养着一匹骡子不划算，便瞒着父亲，把它卖给了一个商人。

这事不知怎么被陈策知道了，他听说买骡子的商人已经离开了南城，连忙沿路追去。

两天后他追上了那个商人，忙告诉他，这是匹伤鞍的骡子，不能负重。商人疑心他舍不得这匹骡子，想要反悔，就坚决不肯退回。陈策解

下自己的马鞍，但商人不肯试，陈策只得叹口气道："我以诚待你，你却怀疑我欺诈，既然如此，我在家等你。"说完策马离去。

过了三天，商人返回南城，找到陈策，恭恭敬敬地说道："我来这里并非为讨回银两，特为谢罪而来。你待我以至诚之心，我反而疑心你，真是惭愧啊！"

心灵鸡汤

陈策受到欺骗，买下了一匹伤鞍的骡子。得知情况后，他儿子却继续骗人，把骡子卖了出去。然而陈策却能从买主的利益着想，实话实说，帮助买主挽回损失。这种无私而真诚的品质，值得我们每个人学习。♥

吉姆迷路了，他觉得非常丢脸。后来他在哨声的指引下找到了有人的地方，可是他真担心会遭到耻笑啊……

哨子

文/李珊珊

　　小男孩吉姆独自在树林里玩耍，不知不觉中迷路了。于是他在树林里瞎转，希望能找到出去的路，但是转来转去却总是回到原地。

　　树林里阴森森的，有些地方暗得见不到阳光，不时有一两只动物从他身旁"嗖"的一声跑开，因此他害怕极了，额上冒出了大颗的汗珠。

　　这时，林子里的某个方向忽然传来了清脆的哨声。他仿佛遇到救星似的，松了一口气，开始朝着哨声响起的方向走去。

　　到了跟前，他看见了村子里的单身汉老约翰。他坐在一块大石头上，身旁放着一把斧子，一棵大树倒在他的身旁，显然，他是在砍树。他把两片树叶一

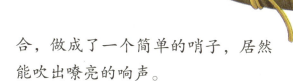

合，做成了一个简单的哨子，居然
能吹出嘹亮的响声。

吉姆小心翼翼地靠近老约翰，因为他常听人说，这
个单身汉不大好接近。老约翰一抬头看见了吉姆，笑着
问："小家伙，你喜欢一个人出来冒险吗？"

吉姆的小脸一下子红了，他故作镇静地说："是的，
我……我想追一只松鼠，可是天知道它跑到哪儿去了……"

老约翰看了看吉姆，认真地说："你瞧，这两片叶子可真
神奇啊，竟然能发出如此美妙的声音。"说完，他递给吉姆两
片叶子，让他试试。吉姆试着吹出了响声，不觉轻松地笑出
声来。

老约翰和蔼地看着他，提议道："我刚好要回家了，不
如咱们一起走吧。"吉姆点了点头，他们一路上不停地吹着哨
子，走出了树林。

老约翰其实早就知道吉姆迷路了，但他并没有
揭穿这个事实，而是提议吉姆和他同行，带他走出
了树林。他这样做避免了吉姆的自尊心受到伤害，
多么善解人意啊！我们在他人陷入尴尬境地的时
候，是不是也这样做了呢？❤

神奇的水罐为什么能从木头的变成银的，又从银的变成金的，还从里面跳出七颗闪闪发光的钻石，涌出巨大的水流呢？

神奇的水罐

文／〔俄国〕列夫·托尔斯泰

很久很久以前，地球上发生过一次大旱灾：河流和水井都干涸了，草木和丛林也都干枯了，许多人和动物都焦渴而死。

一天夜里，一个小姑娘拿着水罐走出家门，为她生病的母亲去找水。然而她怎么也找不到水，累得倒在草地上睡着了。当她醒来的时候，她拿起罐子一看，罐子里竟装满了清亮新鲜的水。小姑娘喜出望外，真想喝个够，但又一想，这些水给妈妈还不够呢，就赶紧抱着水罐跑回家去。她匆匆忙忙地赶路，竟没有注意到脚边有一只小狗，一下子绊倒在它身上，水罐也掉在了地上。小狗哀叫起来。小姑娘赶

紧去捡水罐。她以为水一定
都洒了，但是没有，罐子端
端正正地在地上放着，罐子
里的水还是满满的。
她倒了一点水在
手掌里，让小狗
舔，小狗立刻变
得活蹦乱跳起来。

当小姑娘再去拿水罐
时，木头做的水罐竟变成了银的。小姑娘把水罐带回家，交给
了母亲。母亲说："我就要死了，还是你自己喝吧。"说完把
水罐递给小姑娘。就在这一瞬间，水罐又变成了金的。

小姑娘渴得再也受不了了，她正想喝水的时候，突然从门
外进来一个讨水喝的过路人。小姑娘咽了一口唾沫，把水罐递
给了过路人。这时突然从水罐里跳出七颗钻石，接着从里面涌
出清澈、巨大的水流。那七颗钻石越升越高，升到了天上，变
成了七颗星星，这就是人们常说的大熊星座。

心灵鸡汤

如果说有一个神通广大的神在使用他的魔力，
使水罐不断发生变化的话，那么他一定是被小姑娘
的善心所打动，才做出这一切的。生活中，只要我
们以一颗善心待人，多给他人一些帮助，我们会发
现快乐和好运会时刻陪伴着我们。♥

石头真的会开花吗？一个有先天智障的小女孩天真地认为石头会开花。所有的人都在嘲笑她，但是老师却帮她证明这是真的。

石头开花

文/刘国华

因为先天智障，琼斯直到十二岁才上小学一年级。她在班上年纪最大，成绩却最差，同学们都叫她"傻瓜"。

一次，老师让同学们用"相信"这个词造一个句子。同学们争先恐后地造出了许多优美的语句。轮到琼斯时，她站起来，支支吾吾半天，终于小声地说了一句："我相信石头会开花。"

　　琼斯的话音还没落，同学们便纷纷嘲笑道："什么花能开在石头上啊？真是个傻瓜！"这时，老师示意大家安静，然后大声说："我也相信石头会开花。""老师，您也相信？"同学们疑惑地望着老师。老师坚定地点点头。

　　一个月以后，老师拿来一块彩色的"石头"，石头上面真的开着一朵白色的小花，同学们都惊异地张大了嘴巴。老师微笑着说道："同学们，琼斯说对了吧？看，石头也是会开花的。"伴随着老师亲切的话语，教室里响起了一片赞叹声。琼斯开心地笑了。从此，尽管琼斯的学习成绩依旧不好，但再没有谁说她傻了。

　　多年以后，谈及往事，琼斯感慨万千："没想到，为了我的一句话，老师竟千里迢迢地托朋友找来了生石花，让我和同学们坚信——只要努力，没有什么是不可能的……"

　　当所有的人都在嘲笑琼斯的"无知"时，老师没有笑，而是站出来支持她。而后老师又千里迢迢地托朋友找来了开花的"石头"，帮助琼斯赢得了同学们的认可。老师的心是多么善良啊！我们对待他人也应该像这位老师一样。♥

金子象征财富，但是当一个牧童捡到金子时，他的妈妈却说这会带来厄运，果真是这样吗？

拾到金子之后

文/余妮娟

在一座峡谷中，住着一个牧童和他的妈妈。为了生存，牧童每日都要上山砍柴、放羊，日子很苦。这天，牧童在山上砍柴时，无意中挖出了一块大金子，连忙兴奋地下山去了。

"我挖到金子了。"牧童喊着跑进屋，把金子拿到妈妈面前。妈妈看着牧童，轻轻地说："这金子不属于你，它没有任何价值，而且它也许会给你带来厄运。""不，它能使我们富裕。"牧童争辩着。妈妈摇了摇头。牧童感到愤怒，他抱紧金子，说："我要证明给你看。"然后，他走出家门，来到一个小镇上，走进一家首饰店。老板将金子举到眼前，用狐疑的眼光瞟了牧童一眼，说："你从哪里弄来的？""山上捡的。"说完，牧童拿起金子，心虚地跑出了店铺。一路上，他觉得人们都在用狐疑的眼光看着他，他渐渐害怕起来。

　　傍晚，牧童心惊胆战地走在无人的街上，心中涌起不祥的预感。突然，一个人从他的身后冲过来抢包，牧童赶紧护住包。就在此时，只见一个道士一闪而出，将那人打倒在地。牧童赶紧道谢，道士却已走远，只留下一句话："只有自己创造的东西才属于你。"牧童这才想起妈妈的话，顿时懊悔万分。当晚，牧童找到一个偏僻的地方，将金子埋在了地下，然后离开了小镇。

　　许多年后的一个秋天，牧童爬上高高的山顶，遥望洒满自己汗水的山谷。看着成群的牛羊，美丽的果园，一派富庶的景象，牧童自豪地说："这才是我的金子。"

財富本身无所谓好坏，但是不劳而获的人得到了它，是不会觉得心安的。同样，"飞来横财"会激发他人的贪欲，最终使自己惹祸上身。所以，我们对财富应该取之有道，用之有因，这样才能正确地利用财富的价值。♥

在观花会上，所有的孩子都捧着鲜花，只有一个孩子捧着空空的花盆，但是国王却对他大为赏识，这是为什么呢?

手捧空花盆的孩子

文/佚名

有一位国王年纪很大了，却一直没有孩子。他决定从全国挑选一个诚实的孩子，收为义子。他叫来侍从，吩咐他们给每个孩子发一些花籽，并宣布如果有人能用这些花籽培育出最美丽的花朵，这人便可以成为他的继承人。

有个叫雄日的男孩也收到了一些花籽，他细心地把它们种到花盆里，但十天过去了，半个月过去了……花籽却没有发芽。

雄日只好去请教母亲，母亲建议他把土换一换。可换过土后的花籽还是没有发芽。

观花的日子到了，大街小巷挤满了手捧鲜花的孩子，他们都希望幸运能降临到自己头上。可不知为什么，当国王看到那些争奇斗艳的花朵时，脸上却没有一丝笑容。

这时，国王看见了雄日，他正在一个角落里偷偷流泪，手中的花盆空空如也。国王来到他的面前，问道："孩子，你的花儿呢？"

雄日伤心地说："我努力地去种那些花籽，可它们都没有发芽。"

没想到，国王听了雄日的回答，高兴地大声宣布道："好孩子，你就是我忠实的义子，我要选你当未来的国王！"

人们听了都感到十分迷惑。这时国王郑重地说："那些花籽都是煮熟的，根本不会发芽。"

心灵鸡汤

雄日捧的虽然是空花盆，但是他的心底却绽放出美丽的鲜花，这就是诚实的品质。正是这种品质，使他赢得了国王的信任与赞许，最终成为王室的合格继承人。生活中，我们一定要做个诚实的孩子，千万不能骗人。♥

守时的末班车

文/张翔

有一个晚上，我被一个老公交司机感动了。

那天晚上十一点二十分，我从朋友的酒吧跑出来，赶上了最后一趟十一点半的末班车。我上去时，车上已经挤满了人，我好不容易才在车门边站稳了脚。司机是个和蔼的老人，他友好地问我站好了没有。我点头说站好了，他就按键关上了车门。

我以为这是要走了，但司机却没有发动汽车，只是微笑着凝望车外没有挤上车的人，摆着手，示意坐不下了。有人敲打着车门的时候，他就大声告诉他们：“坐不下了，打车去吧。”

车外还有人有些不甘心，骂骂咧咧地敲着车门，一副恼火的样子。但司机却始终微笑着摆着手。

此刻坐在车内的人也开始骚动了，叫嚷着要他开车。他就举起手说：“到时间就开！”

“反正已经坐满了，你还不

开车干什么！……"车上的人开始有些不满，纷纷指责司机，但司机显然不把他们的话放在心上，自己看着手表不吭声了。

直到时间到了十一点半，他才准时发动车子，这时车内的吵闹声才停下来。只是有个人还在嘟囔着对司机的不满。

车行了一路，人们陆续下车了。到最后一站的时候，车上只剩下了我一个乘客，我开始和司机攀谈起来。我问他："你们公司对你们的时间安排要求很严吗？每次发车都要准时吗？"

司机笑了，反问道："哪有这么严格哦！每次路况都不一样，怎么可能准时呢！"

"那刚才坐满了人，您怎么还不走？"

"这你可能不知道了，因为这是末班车啊！车子提前走了的话，那些准时来等车的人会以为我们迟到了，有的人可能就会一直等下去。这么凉的天，这样等下去多不好啊！所以我们必须等时间到了再走，哪怕让他们看到一辆载满了人的末班车再死了心也好啊，起码他们可以打车，早点安全回家。"

我猛然醒悟，心中升起一股暖流。原来司机背负着车外车内人的误解和责骂，只为了给准时来坐车的人一个失望的答案，同时也是让更多的人顺利回家！

公交车司机的工作是平凡的，即使他被乘客误解，仍然坚持为没能坐上末班车的乘客着想，他的行为并不惊天动地，却暖透人心。其实，生活中有很多平凡的人做着平凡的小事，但他们有着可贵的品质和火热的心。♥

军事家孙武不仅写出了著名的兵书《孙子兵法》，还辅佐吴王建立了赫赫功业。他是如何做到这一点的呢？

孙武练兵

文/杜富中

春秋战国时期，有个伟大的军事家名叫孙武。有一天，孙武去见吴王阖闾，与他谈论带兵打仗之事，说得头头是道。吴王心想：纸上谈兵有什么用，让我来考考他。于是出了个难题，让孙武替他操练宫女。

孙武挑选了一百名宫女，编成两队，让吴王的两个宠姬担任队长。他先将列队操练的要领讲得清清楚楚，并告诫宫女们要遵守军令，不可违背。但当他正式喊口令时，这些宫女笑成一团，谁也不听他的。

孙武再次讲解了要领，并要两个队长以身作则。但他一喊口令，宫女们还是满不在乎，两个当队长的宠姬更是笑弯了腰。

孙武严厉地说道："这里是演武场，不是王宫。你们现在是军人，不是宫女。我的口令就是军令，不是玩笑。你们不按口令操练，两个队长带头不听指挥，这就是公然违反军法，理当斩首！"说完，孙武便下令

将两个宠姬杀了。

吴王见孙武要斩他的爱姬，急忙派人向孙武求情，可是孙武说："军法如山。无论谁触犯军规，都要按军令处置。"遂命左右将两个宠姬斩了，再命排在前面的宫女为队长。

自此以后，众宫女无论是向前向后，还是跪下起立等简单的动作都认真操练，再也不敢视为儿戏了，没过多久，队伍就操练得井井有条。吴王见此情景，知道孙武果真有用兵之术，便起用他为将军。

从孙武练兵的一个小细节，不难看出他具备建功立业必不可少的品质，那就是一丝不苟、当机立断、铁面无私。正是因为具备这些品质，他才能训练出纪律严明、英勇无畏的军队。而具备这些品质，也是我们做好每一件事的基础。♥

陶四翁烧毁假紫草

文/康文笠

有个商人叫陶四翁，他在镇上开了一家染布店，生意非常红火。他为人忠厚，做生意最讲究信誉，因此镇上的人都十分信任他。

有一天，一个人来店里推销染布用的紫草，陶四翁把那些紫草全都买了下来。不久，一个买布的商人来店里进货，看见了这些紫草，他告诉陶四翁这些紫草都是假的。陶四翁听了大吃一惊，立即找了几个懂行的人仔细检查了一遍，结果证实那些紫草确实是假的。

这时那个商人对陶四翁说："这些紫草虽然是假的，但一般人是看不出来的。你把它们拉到集市上，以便宜一点的价格卖掉就是了。"

陶四翁听了那个商人的话，严肃地说："既然我已经知道紫草是假的，就不能再去蒙骗别人。如果商人都那样做生意，还有谁会相信我们呢？"于是，他找了几个伙计，把那些假紫草全都烧毁了。

其实，当时陶四翁并不富有，但他宁可承担损失也不去坑害别人，这使他赢得了所有顾客的信任，生意更好了。他还用这种不欺诈顾客的原则来教育子孙们，从而给他们留下了一笔宝贵的精神财富，使他们最终都成为有名的大富商。

心灵鸡汤

作为一个商人，陶四翁如果把假紫草当成真的来卖，可以减少损失，但是这个时候他在乎的不是钱，而是作为一个商人必备的素质——诚信。诚信是每个人的立足之本，能为人赢得良好的信誉，是一个人一生中受用不尽的财富。♥

王后的花园

文/佚名

　　王后有一个花园，花园里美丽的鲜花随处可见。一天傍晚，王后来到花园，可她还没走到门口，就听到花园里传来一阵阵孩子的笑声。原来，花园的围墙破了一个洞，孩子们看到这个美丽的大花园，忍不住钻进来玩了起来。

　　王后很生气地呵斥孩子们："是谁让你们进来的？这是我

的花园，不许任何外人来这里。"说着，她吩咐侍卫把孩子们都赶走了，还命人把围墙加高了许多。

春天到了，大街小巷开满了美丽的鲜花，然而王后的花园还是一派冬天的景象。王后为此感到很困惑。

一天清晨，王后被一阵歌声吵醒了，那是从花园传出来的。她快步来到花园里，看到了一幕动人的景象：孩子们爬过围墙，坐在高高的树上，树上开满了粉红的花朵，鸟儿们在枝头翩翩起舞。啊！春天终于来了。

见此情景，王后明白了，原来是她自私而冷酷的心赶走了春天，而这些可爱的孩子又把春天给带回来了。此后，王后命令侍从推倒了所有的围墙，邀请所有的孩子到她的花园里做客。

心灵鸡汤

王后想独享花园里的美景，得到的却是寒冷和寂寞。但当她以一颗宽容和善良的心来接纳孩子们时，她不仅看到了美丽的景象，而且感受到了真正的快乐。如果我们每个人都用一颗爱心来对待身边的人，那么我们的生活就会充满阳光。♥

对一个穷人家的孩子来说，得知父亲买的彩票中了汽车，该是多么兴奋啊！但是母亲却告诉他，这汽车不属于他们……

唯一没有汽车的人家

文/佚名

第二次世界大战前，我们家是镇上唯一没有汽车的人家。我父亲的薪水很低，所以我们家很穷，但是我母亲常常安慰家里人说："如果一个人有骨气，就等于有了一大笔财富。"

有一天，我父亲买的彩票居然中奖了，奖品是一辆别克牌汽车。我看见父亲开着车缓缓地驶过来，几次想跳上车去，同父亲一起享受这幸福的时刻，却都被父亲赶开了。

我回家后向母亲抱怨，母亲拿给我两张彩票存根，上面的号码是348和349，中奖号码是348。我正疑惑不解时，母亲告诉了

我事情的真相。

　　原来，父亲买彩票前对老板吉米说，自己可以代他买一张，吉米应允了。父亲买了两张彩票，一张是自己的，一张是吉米的，恰恰是吉米的那张中了奖！我这才明白，原来父亲在进行一场激烈的思想斗争。可是我认为吉米是一个百万富翁，他不会计较这辆汽车的。不过当爸爸回来时，他还是给吉米打了电话。第二天下午，吉米的两个司机来到我们这儿，把别克牌汽车开走了，他们送给父亲一盒雪茄。

　　直到我成年之后，我才有了一辆汽车。回顾以往的岁月，我才明白"如果一个人有骨气，就等于有了一大笔财富"这句话的含义。当年父亲打电话的时候，其实是我们家最富有的时候。

　　心灵鸡汤

　　故事中的父亲何尝不想得到一辆汽车？但是在他看来，比汽车更重要的东西，是实事求是的做人原则。正是有了这些东西，"我"的家看似贫穷，却拥有一笔巨大的财富，而这些财富是"我"一生都取之不尽的。♥

在贫困的村子里，一个天真的男孩脱口而出："我的笑是新的。"这句话看似好笑，但其中的意蕴值得人细细品味……

我的笑是新的

文/千雨荷

周末无事，我和三哥随大哥到他扶贫的乡村去送扶贫款。车子行进了三个小时，我们终于到了那个名字很好听的村子——水寨乡。

大哥扶贫的村子真的很穷，老乡们吃水还是用那种手压式的抽水井，根本不像村子的名字那样，有着潺潺的流水。整个村子的房屋透着一种神秘的古朴。或许村里很少有外地人来，所以我们一下车，就有几个孩子过来看热闹。当我们走进

一个青石板铺成的小院时，身后一个小男孩跑到我们跟前说："这是我家，你们多待一会儿吧。"然后，他冲着院内大喊："妈，来人了……"

孩子的惊喜和热情感染了我们，我急忙拿出相机，对小男孩说："阿姨给你照相吧。"小男孩欢呼着，还像模像样地摆出了抬头挺胸的样子。谁知我还没有调好焦距，小男孩的妈妈就过来拉他说："鞋子都没有穿好，裤子和衣服脏得要命，快别照了……"小男孩机灵地一蹦就躲开了，他一边躲，一边说："旧衣服，旧裤子，旧旧旧，可我的笑是新的……"我和三哥大笑起来，但片刻之间，我们都止住了笑，相互对视了一眼——孩子说的什么？我的笑是新的！

三哥拿过我手中的相机，为孩子照了许多照片，因为孩子脸上那灿烂的笑容，更因为他那脱口而出的颇有意味的话。

虽然小男孩的衣服很旧，生活的环境也很差，但他脸上的笑是新的，他的梦想是新的，他所拥有的就是一种"新"的生活！在艰苦的生活环境中，只要我们也拥有梦想，满怀希望，我们的内心就会感到充实和满足。♥

他是残疾人，本来需要别人的帮助，但在灾难面前，他无私地伸出了援手。

我还有热血

文/张翔

1998年发生的那场让世界震惊的洪灾，让长江沿岸的许多城市和乡镇都蒙受了巨大的灾害。那时，我是作为一名青年志愿者奔赴九江抗洪前线的，负责为那些受灾的人们提供医疗帮助。

那时，在一个重灾镇，受灾的人很多，许多伤病严重者都需要输血。而在那里，血库的存血远远不足。于是，我们开始上街号召人们无偿献血，以保障供血充足。

那是一段特殊的岁月，这场灭顶之灾似乎激发了人们的真情，献血的人很多很多。我们从早上忙到黄昏，看着一个个热心的人都卷起了衣袖，伸出了援助之手。

第二天黄昏，就在我们准备收工回医院的时候，一个憨厚的小伙子踏上了我们的采血车。他双手揣在口袋里，有些犹豫地凝望着我，迟迟都没有说话。于是我问他："您是来献血的吗？"

他有些羞涩地回答："是的，我是来献血的。"

我立即微笑着指着我和同事们刚刚收拾好的东西说："您明天来行吗？我们都已经收拾好，准备回医院了。"

他看上去有些着急了，央求道："就今天，就现在，好吗？"

面对他如此恳切的请求，我没有理由拒绝，只好请他坐下，然后取出设备为他测试样血。

当我将设备都取出来的时候，他却一动不动地坐在椅子上沉默着。于是我拿着扎针示意他伸出手，为他验血。

这时，他低下头，慢慢从裤袋里抽出手，伸了过来。在他抬手的片刻，我一下子惊呆了：他的两只手都没有手掌。

我忽然犹豫起来，望着一样惊诧的同事们，不知道该如何下手。而就在此刻，他却扬起原本羞涩的脸，坚定地对我说："没关系，抽吧，我只是没有手掌，但我还有热血！"他的话音刚落，我感动得泪水几乎就要掉下来，而我的同事们全都热泪盈眶。

就这样，我们为他抽去了两百毫升的鲜血。

他抽完血后，甩下袖子，就匆匆离开了。我们一起目送着他渐行渐远，直到他的身影消失在沉沉的暮色里。而那时，我的手里还握着有他的热血的血袋，我分明能感受到那袋鲜红的血液中持久的温暖。我明白，那是一种永远不会冷却的温度！

小伙子虽然肢体残疾了，但他的心是健全的，充满了爱，他愿意献热血给伤病者，尽己之力帮助他们，表现了他无私的大爱。在生活中，当我们面对身处危难中的人时，哪怕我们能力有限，也要力所能及地帮助他们，让他们感到爱的温暖。♥

康德为了准时赴约，竟然买房拆木补桥，这样做到底值不值得呢？

信誉

文/蒋光宇

1779年，德国哲学家康德计划到一个名叫珀芬的小镇去拜访老朋友威廉·彼特斯。康德动身前曾写信给彼特斯，说自己将于3月2日上午十一点钟之前到达。

康德3月1日就赶到了珀芬小镇，第二天早上，他租了一辆马车前往彼特斯的家。彼特斯的家在离小镇十二英里远的一个农场里，而小镇和农场之间隔了一条河。当马车来到河边时，细心的车夫说："先生，实在对不起，不能再往前走了，桥坏了，很危险。"

康德发现桥中间已断裂。河面虽不宽，但水很深，而且结了冰。"附近还有别的桥吗？"康德焦急地问。

车夫说："有，先生，在上游六英里远的地方还有座桥。"

康德看了一眼怀表，已经十点钟了。"如果走那座桥，我们以平常的速度走，什么时候可以到达农场？"

"我想大概得十二点半。"

康德又问："如果我们过面前这座桥，以最快的速度什么时间能到达？"

车夫回答说："最快也得用四十分钟。"

于是，康德跑到河边一座很破旧的农舍里，客气地问主

122

人："请问您这间房子要多少钱才肯出售？"

农舍的女主人大吃一惊："您买如此简陋的破房子，究竟是为什么？"

"不要问为什么，您愿不愿意？"

"那就给两百法郎吧。"

康德付了钱，对农舍的女主人说："如果您能马上从房顶上拆下几根长木头，二十分钟内把桥修好，我将把房子还给您。"

农妇马上把两个儿子叫来，让他们按时修好了桥。

马车平安地过了桥，飞奔在乡间的路上，十点五十分，康德赶到了老朋友的家。在门口等候的彼特斯高兴地说："亲爱的朋友，您可真守时啊！"

后来，彼特斯无意中听到那座农舍的女主人提到此事，便很感慨地给康德写了一封信。信中写道："您太客气了，还是一如既往地守时。其实，老朋友之间的约会，晚一点是可以原谅的，何况您还遇到了意外。"

向来一丝不苟的康德在回信中这样写道："在我看来，从一定意义上说，无论是对老朋友还是陌生人，守时就是最大的礼貌。"

守时是对别人的尊重，也是诚信的一种具体表现。康德坚守对朋友的承诺，没有因意外状况而迟到，因此赢得了朋友的尊重。而一个经常迟到的赴约者，即使有千万种理由解释，也容易失去别人对他的信任。♥

善良的本性体现在生活中的点滴小事中，只是有些人忽视了而已。

一步一善良

文/古保祥

父亲一生操劳，当过老师，一直过着清贫的生活。一次，我陪同父亲去三亚旅游，得知要坐飞机，父亲兴奋不已，准备了许多东西。当知道飞机上限重时，他一脸的失望。

当我阔步走进候机大楼时，便不见了父亲的身影，我在人群中苦苦搜寻，才发现父亲正在帮助一个抱着孩子的父亲。孩子要撒尿，孩子父亲手里的行李太多，接应不过来，于是父亲过来抱着孩子，不料孩子的尿溅了他一身。我跑过去刚要制止，却发现父亲一边笑着掸身上残留的尿液，一边夸孩子尿量足。

我苦笑，觉得父亲还是用乡下人的眼光来看待城市里的事情。我们刚走了几步，父亲又停下了脚步，他一眼看到了洒落一地的纸，也不知道是从哪位不小心的乘客的包裹里掉下来的。父亲连忙跑过去捡拾，说有碍观瞻。工作人员以为是父亲的东西，一边帮助他捡，一边批评他："老先生，这儿是公众场合，请您注意点自己的行李。"

父亲没有解释，只是将那些纸捡起来，塞进垃圾筒，然后若无其事地叫我进候机大厅。我问父亲："您为啥不解释？"

父亲说："就当是我落下的，总得有人承担呀！"

过了一会儿，我要去洗手间，忙叮嘱父亲一定不要多管闲事。回来时我却发现父亲被两个乞丐模样的人缠上了，他们在向父亲下跪求财。我知道父亲的善心又发作了，便跑上前去驱赶乞丐，父亲则拦住了我，给了他们一百块钱。

我告诉父亲他们是骗子，但父亲说他认了，否则他一路都不会安心。乞丐走后，父亲与我僵坐无言，我想责怪他，却找不到理由。父亲则苦口婆心地对我说："人要学会善良，就是被骗了又能怎样，他们看上去可怜巴巴的，就算给他们压岁钱啦！"

我忍不住反驳道："行善可以，可您也要量力而行啊。"

父亲回答我："人做一件善事不算啥，难在做一辈子善事。善良其实存在于抬脚与落脚的一瞬间，善良也需要步步为营。"

心灵鸡汤

故事中的父亲心怀善念，不怕麻烦，对他人施与小小的善，虽然微不足道，但却暖透人心。其实，做一个善良的人并不简单，因为你不是只做一件善事就行，而是要始终怀有怜悯之心，在别人需要帮助的时候及时伸出援助之手。♥

★ 季布几次助项羽打败了刘邦的军队，刘邦对他恨之入骨，但刘邦当上皇帝后，不仅没有杀掉季布，还封他做了官……

一诺千金

文/杜富中

　　西汉初年有一个叫季布的人，他为人正直，乐于助人，特别讲信用。只要是季布答应过的事情，即使困难重重，他也一定会想方设法办到，所以他在当时名气很大。季布曾是项羽的部将，很会打仗，几次把刘邦的军队打败了，所以刘邦把他视作眼中钉、肉中刺。后来项羽被刘邦围困后自杀，刘邦夺取天下，当上了皇帝。每当刘邦想起曾经败在季布手

下的事，就十分生气。于是，他下令缉
拿季布。

这时，有个敬佩季布的人得
知了这个消息，便秘密地将季布
护送到鲁地一户姓朱的人家。朱家
主人很欣赏季布的侠义行为，尽力保
护季布。不仅如此，他们还专程到洛阳
去找汝阴侯夏侯婴，请他为季布求情，让
刘邦赦免他的罪过。

夏侯婴也很敬佩季布的为人，于是
他来到皇宫，向刘邦一五一十地讲述了季
布的所作所为和人们对他的敬佩之情。刘邦听了，觉得杀了这
样一个人真是太可惜了，于是便下令赦免季布，还封他做了河
东太守。

做了大官的季布还是照样仗义疏财、礼贤下士，答应老
百姓的事情更是尽心尽力地去做，因此人们都说："得黄金千
两，不如得季布一个诺言啊！"

心灵鸡汤

在危急关头，解救季布的与其说是别人，不如
说是他自己诚实正直的品行。正是这种品行打动了
刘邦，使他保住了性命。诚实的人总是令人钦佩，
而诚实是一种资本，是一个人受用不尽的财富，值
得我们永远珍惜。♥

对一个穷孩子来说，因为光着脚而吃不到冰激凌，这多尴尬啊！然而一双皮鞋帮助了她，尽管这双鞋并不合脚。

一双大皮鞋

译/王流丽

那是入夏以来最热的一天，太阳炙热地烤着大地。街上每个人都急匆匆地赶路，没有人愿意在太阳下多待一会儿。这时，街角的那家冰激凌店成了最受欢迎的地方。

下午三点左右，一个衣衫褴褛的小姑娘走进店里，手里攥着几枚硬币。天气太热了，她只想买一个最便宜的甜筒冰激凌。可是她还没来得及走近柜台，就被侍者拦住了。侍者示意她看

一看门上的告示牌。只见门口那块牌子上写着"赤足免进"四个字。小姑娘的脸一下子红了，她转过身想赶快走出去。

这时，店里一位高个子先生悄悄起身，跟在她后面，走出了店门。在店门外，他叫住了正要离开的小姑娘。小姑娘吃惊地看着眼前这位叔叔，只见他脱下自己脚上那双大皮鞋，放到她的面前。"哦，孩子。"他轻声说，"我知道你不喜欢它们，它们的确又笨又大。可是，它们却能带你去吃美味的冰激凌。"说着，他弯下腰，把鞋子套在了小姑娘的脚上。"快去买冰激凌吧，也正好让我的脚凉快凉快。我就在这里等你，记得走慢些。"

于是，小姑娘穿着那双大皮鞋，摇摇晃晃、一步一步地走向冰激凌柜台。这时，店堂里突然安静了下来。

相信等小姑娘长大以后，她会永远记得一个穿着大皮鞋的高个子叔叔，这个叔叔曾经善意地帮助过她，用爱心慰藉过她那辛酸的童年……生活中，无论我们是受到帮助还是帮助他人，我们都能感觉到有丝丝的爱意在心间流淌。♥

饥饿的小女孩始终默默地站在一旁，等别的孩子领完面包才去领取最小的那条面包，她为何要这样做呢？

一条小面包

文/佚名

经济大萧条时期，一位面包师把城里最穷的二十个小孩召唤过来，对他们说："在上帝带来好光景以前，你们每天都可以来拿一条面包。"

每天早晨，这些饥饿的孩子蜂拥而上，围住装满面包的篮子，你推我搡，因为他们都想拿到最大的一条面包。等他们拿到了满意的面包，也不向好心的面包师说声"谢谢"，就慌忙跑开了。

只有格林琴例外。这位衣衫褴褛的小姑娘既没有同大家一起吵闹，也没有与其他人争抢。她只是谦让地站在一旁，等其他孩子离去以后，才拿起剩在篮子里的最小的一条面包。她从来不会忘记亲吻面包师的手表示感激，然后才捧着面包高高兴兴地跑回家。

有一天，别的孩子都走了之后，羞怯的小格林琴得到一条比原来更小的面包。但她依然不忘亲吻面包师，并向他表示真诚的谢意。回家以后，她的妈妈切开面包，发现里面竟然藏着几枚崭新的发亮的银币。

妈妈惊奇地叫道："格林琴，立即把钱送回去，一定是面包师揉面的时候不小心掉进去的，赶快去，把钱亲自交给好心的面包师！"

当小姑娘把银币送回去的时候，面包师说："不，我的孩子，是我特意把它们放进去的。我要告诉你一个道理：谦让的人，上帝会给予他幸福。愿你永远保持一颗宁静、感恩的心。回家去吧，告诉你的妈妈，这些钱是上帝的奖赏。"

心灵鸡汤

善良的小女孩总是去领最小的面包，并且从来不忘向面包师道谢，这是因为她有一颗谦让和感恩的心，情愿把好的东西留给他人，并对帮助自己的人心存感激。而小女孩得到银币后及时想归还给面包师，体现了她诚实的品质，这值得我们学习。♥

天气冷得出奇，我家简陋的红砖房却格外温暖，没有肉的饺子，吃起来也十分香甜，这一切都是因为有了爱。

用善良做底色

文/赵利达

天气冷得出奇，寒风咆哮着卷起雪花，升腾起呛人的白烟。温暖的红砖房里，母亲在厨房里忙碌着，柴火在灶坑里"噼啪"作响，锅上冒着乳白色的蒸汽。我和弟弟早就饿了，正眼巴巴地等待着第一锅酸菜肉蒸饺出笼。

这时，外面有人叫门。父亲出去片刻，带回一个衣着单薄的外乡人进来。

他很年轻，嘴唇都发青了，显然在风雪中冻了很久。

"这丝绵很好的，你看看。"外乡人边说边卸下肩上的旧麻袋，要往外掏丝绵。

父亲止住他说："别拿了，我不买丝绵。外面太冷，请你进屋暖和暖和！"

外乡人一听，很失望地说："哦，不买？这丝绵真的很好。"他坐在暖和的火墙旁，不想挪动身体。

　　这时，母亲端上了两大盘热腾腾的酸菜肉蒸饺。"你一定饿了，吃几个饺子挡挡寒吧！"母亲看着仍在打哆嗦的外乡人，把筷子递过去。

　　外乡人的确是饿了，他推辞了一下，便接过筷子狼吞虎咽起来。当他意识到我们一家人还没吃饭时，两盘蒸饺只剩下了小半盘。他尴尬地抬起头，嗫嚅道："你们……你们还没吃吧？"母亲笑道："还有呢，你要吃饱啊！"蒸饺的确还有，可那一笼是纯素馅儿的，连一小块肉都没放。弟弟捏了捏我的衣角，嘟起嘴来。一盘半的蒸饺，对他来说可能也就六分饱，但他无论如何也不肯再吃了。

　　接下来的闲谈中，我们知道他是安徽的农民，跟父亲和弟弟一起到北方贩丝绵，没想到亏了本。近年关了，他打算把剩下的丝绵低价处理了，好歹挣回返乡的路费。"我弟弟的脚冻坏了，他跟我父亲在车站蹲着呢。今儿天太冷，没让他们出来，

我寻思把最后一包丝绵卖了，今晚就跟他们坐火车回去。"他说。

母亲听了，感叹道："唉，你们做小生意的，也挺不容易啊！"父亲跟母亲轻声说了些什么，母亲便去仓房找了三双半新的棉鞋，还有半面袋的冻豆包回来，递给这个外乡人，说："我们也不是有钱人家，要不然就把你这丝绵买下了。这双棉鞋你换上，另外两双拿去给你父亲和弟弟穿，北方不比南方，脚冻伤了可了不得！冻豆包我们今年做得多，你带几个让你的父亲和弟弟尝尝吧！"

外乡人站了起来，拘谨地搓着手，一遍遍地说："这可咋好呢？这可咋好呢？我这是遇上好人家了！"

我们把他送出门时，他一眼瞥见院子里有一堆锯好的圆木，突然放下肩上的包，三步并作两步抢过去，"我干点儿活再走！"说着便抢起大斧，劈起柴来。母亲正要劝阻，父亲说："让他干吧！"

寒风中，雪花飘飞，外乡人已经走了。我家的院子里整整齐齐地码放着一垛劈得粗细均匀的柴火。弟弟吃了剩下那半盘有肉的蒸饺，欢快地出门玩去了。我跟父母吃着第二笼纯素馅儿的蒸饺，觉得温暖而香甜。

在我成长的历程中，父母言传身教的都是些朴素的做人道理。我虽天生淘气好动，有时还喜欢捉弄人，偶

尔搞点儿无伤大雅的恶作剧，但秉性却始终是善良的。我一直
认为，在这个世界上，最赏心悦目的是纤尘未染的青山绿水；
最温暖人心的是人与人之间纯洁真挚的感情。当我们年老后回
首往事，最有价值的财富应该是一颗恬淡宁静的心和一份丰富
无悔的回忆。而所有这一切的拥有都需要用善良做底色。

心灵鸡汤

　　爱，可以打破一切界限，使人与人之间变得
亲密无间。在付出和拥有爱的瞬间，人都能体会到
无比幸福的感觉。而一颗善良的心则是爱的不尽源
泉，是人世间最宝贵的财富。我们应让自己拥有善
良的心，成为一个精神富有的人。♥

约翰犯一个错误，父亲就在栅栏上钉一个钉子；改正一个错误，父亲就拔下一个钉子。当钉子全被拔下时，约翰哭了。

有钉子印的栅栏

文/佚名

有个农夫的儿子名叫约翰，他不管做什么，总是鲁莽草率、粗心大意。有一天，父亲对他说："约翰，你总是这么粗心大意，又爱忘事，而且总是做错事。我要在栅栏上钉上钉子，好提醒你有多么不听话。只要你做对了，我就把钉子拔出来。"

约翰的父亲真的照他自己所说的做了，每一天要钉上至少一个钉子，有时候要钉上好几个，却很少拔下来。最后约翰看到栅栏上几乎都快被钉子盖满了，觉得很惭愧，因为自己犯了那么多的错，于是他决心做一个好孩子。过了几天，他表现得很好，也很勤奋，所以有好几个钉子被拔掉了。再过几天也一

样，以后天天如此。

终于，只剩下最后一个钉子在栅栏上面了。约翰父亲把他唤到跟前来说道："你看，孩子，只剩最后一个钉子了，而且现在我要把它拔掉了。你高兴吗？"约翰看着栅栏，并没有像父亲所预期的那样快乐，反而哭了起来。

"怎么了？"父亲问道，"怎么回事？我以为你会很高兴，钉子不是全部被拔掉了吗？"

"是啊！"约翰哭着说，"钉子是被拔掉了，可伤痕还在呀！"

父亲笑着说："只要知错就改，就是好孩子。"

心灵鸡汤

约翰的错误虽然改正了，但是犯下的错误在他心中留下的伤痕却永远难以愈合。所以当你发现自己正在做错事或是养成坏习惯时，要立刻停止，否则它们也将在你的心中钉上"钉子"，留下永久的伤痕。♥

十岁的查尔斯经常到河边去玩，这令父亲罗斯很担心。一天，罗斯亲自到河边去找查尔斯，看到了令人感动的一幕……

愿望

文/申哲宇

十岁的查尔斯是个品学兼优的好孩子。他每天做完作业后都要到家附近的那条河边去玩。

一天，查尔斯无意中走进河边的小木屋，看见一个小男孩正趴在桌子上画着什么。查尔斯好奇极了，问："你在干什么？"

小男孩回答说："我在站牌上看到两个字，想把它们写下来呢。如果我能读书和认字，那我一定会是世界上最快乐的人了。"

"这就是你的愿望吗？"查尔斯吃惊地问。

"是啊，不过这太难了，我家很穷。"小男孩黯然地说。

"我想，我能够帮助你。"查尔斯亲热地拍了拍小男孩的肩膀。

从此，查尔斯就利用每天出去玩的时间教小男孩读书、写字。

一天，罗斯先生的一位朋友来他家里做客。聊起查尔斯时，客人对罗斯先生说："最近我常看见查尔斯在小河边玩。你应该管管他，你知道，河边住的那些人都是没有修养的。"罗斯先生很担心，于是匆匆赶到河边的小木屋。

透过那扇小小的玻璃窗，罗斯先生看到了令人感动的一幕：查尔斯正坐在桌子的一旁，桌子的另一边有个小男孩，他正在那里写着从查尔斯嘴里念出的字，还不时把自己写的字拿给查尔斯看，并且问道："老师，我写得对吗？"

查尔斯看到父亲，害怕他会不高兴。但是，罗斯先生不仅没有不高兴，第二天还为查尔斯和那个小男孩买了书、纸、钢笔和墨水。作为父亲，他为自己的儿子能够学会帮助别人而感到高兴。

心灵鸡汤

小查尔斯懂得了如何去关心别人，他的父亲因此感到很欣慰，因为在他看来，对于一个人来说，没有什么能比拥有一颗善良的心更值得珍视的了。与人为善，不仅能给别人带去欢乐，更能使自己的生活更加充实和幸福。♥

没钱请奶奶吃饭的孙子为了当免费的第一百位客人，就逐个数着去粥店的客人，直到第九十九位客人进了粥店……

粥店的第一百位客人

文/刘国华

就餐的高峰时间过去了，粥店老板正要喘口气翻阅报纸的时候，一个老奶奶和一个小男孩走了进来，看上去像祖孙俩。老奶奶要了一碗牛肉汤饭，并将碗推到小男孩面前。小男孩吞了吞口水，望着奶奶说："奶奶，您真的吃过午饭了吗？""当然了。"奶奶含着一块萝卜慢慢咀嚼。一眨眼工夫，小男孩就把一碗饭吃光了。老板看在眼里，忙走到老奶奶面前说："恭喜您，您今天运气真好，是我们的第一百位客人，所以这顿饭免费。"

一个多月后的一天，粥店老板无意间发现那个小男孩正蹲在粥店

对面，每看到一个客人走进店里，就把一块小石子放进他画的圈圈里，但是午餐时间过去了，小石子却连五十个都没有。

粥店老板明白过来，连忙给老顾客们打电话，说要请他们免费吃饭。打了很多通电话以后，客人一个接一个来了。终于，第九十九个小石子被小男孩放进圈圈里了。那一刻，小男孩匆忙拉着奶奶的手进了粥店。就这样，奶奶让孙子招待了一碗热气腾腾的萝卜牛肉汤饭。而小男孩就像奶奶上次一样，含了块萝卜在口中咀嚼着。"也送一碗给那个小男孩吧。"老板娘不忍心地说。"那个小男孩正在学习不吃东西也能饱的道理呢！"老板回答。

吃得津津有味的奶奶问孙子："要不要留一些给你？"没想到小男孩拍拍他的小肚皮，对奶奶说："不用了，我很饱，奶奶你看……"

奶奶挨饿让孙子品尝牛肉汤饭，孙子竭尽全力"请"奶奶吃饭，粥店老板为了帮助他们达成心愿，情愿免费请许多客人吃饭……从他们身上，我们可以看到一颗颗闪光的心：奶奶对孙子的疼爱之心、孙子赤诚的孝心、老板博大的爱心……♥

穷书生赶考时遭到一位举人的取笑，他一笑了之。后来他中了状元，举人诚惶诚恐地来道歉，他怎么做的呢？

状元楼的来历

文/李珊珊

江苏淮阴县有一座"状元楼"，说起这座楼，还有一个小故事呢。

明朝嘉靖年间，淮阴县有个秀才叫丁士美。有一年，他去京城参加科举考试，遇到一位姓刘的举人。刘举人见丁士美衣着寒酸，十分看不起他，就嘲笑他："你还想去考试？真是癞蛤蟆想吃天鹅肉！你要是能考中进士，我就从你的胯下钻过去。"丁士美听了只是笑笑，没有说话。刘举人以为他胆小，就更加放肆地嘲弄他。其他书生也都笑话丁士美是个胆小鬼。其实丁士美这

个人很有涵养，只是他性格内向，不喜欢当众表现自己。他对自己很有信心，胸有成竹地参加了当年的科举考试，结果中了状元！

刘举人见丁士美中了状元，想起自己当初狂妄的举动，既羞愧又害怕，羞的是当时的狂傲，怕的是丁士美伺机报复。于是他专程找丁士美赔礼道歉。丁士美客气地接待了他，一点儿也没有记恨他的意思，这让刘举人非常感动。

不久，刘举人被派到淮阴县担任知县。上任后，他立即让人在衙门口修了一座牌坊，取名叫"状元楼"，意思是说：状

元住在上面，我出入都要从状元身下经过。这既算是履行了当初的诺言，同时也告诫后人：做人要谦虚，比自己才能高的人有很多，不要无端地取笑别人，否则会自取其辱。

心灵鸡汤

丁士美是一个宽宏大量的人，所以他能够容忍刘举人的冒犯，并宽容地接受他的道歉。而刘举人在意识到自己的过错后认错道歉，并用实际行动履行自己的诺言，也算得上是一个诚实勇敢的人，他们两人身上的优秀品质都值得我们学习。♥

富人有三个儿子，他宣布，只有做了最高尚的事的儿子才能继承他所有的财产。谁会得到这份财产呢？

最高尚的事情

文／杨文婷

有一个富人，在他年事已高的时候，决定把家产分给三个儿子。但在分财产之前，他要三个儿子先去游历天下，做生意，一年后回来报告他们在这期间所做过的最高尚的事，并且只有做了最高尚的事情的那个人才能得到他所有的财产。

一年后，三个儿子回到父亲跟前，报告这一年来的收获。老大说："我曾遇到一个陌生人，他十分信任我，将一袋金币

交给我保管。后来他不幸过世，我将金币原封不动地交还给了他的家人。"富人说："你做得很好，但诚实是你应有的品质，这算不上是高尚的事情。"

老二接着说："在一个村庄，我见到一个小乞丐不慎掉进河里，我立即奋不顾身地跳进河里救了他。"富人说："你做得很好，但救人是你应尽的责任，还算不上是高尚的事情。"

老三迟疑地说："我有一个仇人，他千方百计想陷害我。有一个夜晚，我独自骑马走在悬崖边，发现我的仇人正睡在悬崖边的一棵树旁，我只要轻轻一脚就能把他踢下悬崖，但我没有这么做，反而叫醒他，让他继续赶路。这实在不算做了什么大事……"不料富人正色道："孩子，能帮助自己的仇人，这是高尚而神圣的事，你办到了。来，我所有的产业将是你的。"

心灵鸡汤

人的高尚不只是表现在他们做了多少善事，还表现在他们用善良而宽广的心去包容伤害过他的人。我们要向那个最小的儿子学习，用宽容的心来接纳别人，帮助别人，用爱来化解仇恨，做一个真正高尚的人。♥

琼西绝望地以为，当最后一片藤叶落下的时候，她就要死了，但奇迹出现了，最后一片叶子始终没有掉落……

最后一片藤叶

文／〔美国〕欧·亨利

　　琼西和苏珊是一对好朋友，她们住在华盛顿街区的一个小胡同里。在她们的楼下，住着一个叫贝尔曼的老画家。老画家穷困潦倒，但对这两个姑娘却十分照顾。

　　寒冷的冬天到了，琼西得了肺炎，病情一天比一天严重。有一天，苏珊回来时，看到琼西正面朝窗户躺着，嘴里不停地念叨："十二、十一……"苏珊看看窗外，只见院子里空荡荡的，只有一株叶子快要掉光的常春藤。

146

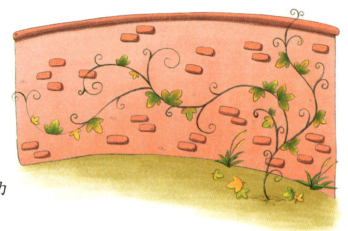

"你在数什么？"苏珊关切地问。"常春藤上的叶子。等最后一片叶子掉下的时候，我就要死了。"琼西无力地说道。

听到琼西的话，苏珊难过极了。她来到楼下，把琼西的情况告诉了贝尔曼。"没关系，一切都会好的。"贝尔曼安慰苏珊道。

夜里，最后一片树叶掉落了。但是贝尔曼精心地画好一片树叶，牢牢地贴在常春藤上。

这天晚上，狂风大作。第二天一早，琼西就叫苏珊拉开窗帘："我要看看叶子是不是掉光了。"苏珊拉开了窗帘，不料经过了一夜的风吹雨打，常春藤上竟然还挂着一片叶子！

"我以为它一定会落下的，昨晚那么大的风雨……不，我要活下去！"琼西对生活又充满了希望，她最终康复了，活了下来。

心灵鸡汤

一片并不存在的叶子，挽救了琼西年轻的生命。这片叶子就像是一面镜子，映照出贝尔曼善良的心灵。生活中，我们会面临许多挫折，但无论什么时候，我们都要存有希望，并且用自己的爱心给别人带去希望。♥

最慷慨的捐赠

文/崔修建

5·12汶川大地震发生后，全球范围内迅速掀起了一股爱心捐赠的热潮，大批的物资源源不断地从四面八方涌向灾区。一时间，捐赠成了我和同事们经常谈论的话题。

那天，同事们在办公室里又争先恐后地讲起了种种动人的捐赠事迹。在讲到台湾一位著名企业再次捐资一亿元时，小李的语气里充满了敬佩；小陈却说那个下岗女工能够将政府发给她的每月最低生活保障金六百元钱全捐出去，更让人钦佩；小刘则认为要拍卖自己的房子用来捐赠的那位上海老教师更令人肃然起敬；而我说来自唐山的那些农民兄弟的捐赠最让人感动。

在我们激烈的争论中，刚刚从灾区做志愿者归来的大学生肖迪始终没有发言。当大家要他谈谈自己的看法时，他只是轻描淡写地说了一句："多少都是爱，没必要分高低上下。"

肖迪的话虽然不无道理，但大家仍没有放弃争论哪些人的捐赠是最慷慨的。这时，肖迪示意我们停下来，听他讲述自己在灾区一线的所见所闻：

地震发生后的当天晚上，我就与几个大学同学约好再去救援，14日上午我们就赶到了都江堰。在那里，我看到了很多年轻的战士冒着余震的危险，在大片的废墟上拼命地挖掘，连续奋战二十多个小时，连一口饭都没有吃。有的战士累得跪在那里，不肯停歇片刻。许多人的手都受伤了，仍不知疲倦地继续一门心思地挖掘……大家心中只有一个共同的念头——抢救废墟下的生命。

15日，我们十几个来自各地的志愿者组建成一个小分队，开赴重灾区之一的茂县救援，而到达那里需要徒步翻越好几座大山。我们经常贴着悬崖峭壁，在极其狭窄的羊肠小道上跋涉，头顶上不时有飞石滑落，脚下数丈深的地方则是湍急的河水，我们每走一步都小心翼翼。一个贵州来的小伙子一脚踏空，差点儿摔下悬崖，幸亏小分队里有个寡言少语的羌族小伙子德旺一把抓住了他。后来，德旺自告奋勇地在前面开路，我们踩着他的脚印艰难地跟进，整整走了十一个小时才到达目的地。

运送物资、分发食品、抬送伤员……持续高强度的劳动，对我们这些平素很少参加体力劳动的志愿

者真是一种考验，若不是相互鼓励和帮助，相信很多志愿者都会承受不住的。身体单薄的德旺却似乎有股超乎寻常的力量，每到一处，他总是抢着干最重、最累的活儿，常常累得大汗淋漓，很少歇息。

那天休息时，我逗德旺："看不出来啊，瘦瘦的你这么有力气啊。"

德旺淡淡地看了我一眼，什么也没说。

我问德旺的老家在什么地方，他低声告诉我，他的家就在汶川。我惊讶地追问他家里的情况怎么样，他一脸悲伤地告诉我，他的家人都在地震中失去了生命，只剩下他一个人了。

我猛地攥住他的手，内心里波涛翻涌，一时不知该怎样去安慰他。

"我心里特别难过，但我知道再难过也要活下去啊！还有那么多的人要援助，我不能只顾自己悲伤啊！"德旺的眼泪扑簌簌地滚落下来。那是我第一次看到这个硬汉子悲伤的泪水。

"你完全有资格悲伤，你可以不来做志愿者的。"我可以想象得出他心里藏着怎样巨大的痛苦。

"我必须来，我已经失去了所有的财产，现在唯一能够捐献的只有我身上的力气了，我不能有丝毫的保留。"德旺低低的声音里透着不容置疑的坚定。

"你太令人敬佩了！"我由衷地赞叹道。

"不，不，比起全国各地那些慷慨捐献财物的人们，我只是做了一点点该做的事情，根本不算什么。"德旺竟有些惭愧地冲我直摆手。

"你捐出的是一颗金子般的心啊！"我的心里盈满了感动。

"在灾区，有许多像德旺那样遭遇不幸的人们，他们鲜为人知的默默行动让我明白了——多少都是爱，大小都是爱，甚至不论以什么样的方式表达，只要是发自内心地向他人奉献的一片真诚，就都应该赢得我们赞赏的掌声。"在灾区耳闻目睹了太多感人情景的肖迪，不禁再次为德旺的故事唏嘘不已。

听了肖迪不平静的讲述，我和同事们都陷入了沉思中。

故事中的德旺之所以让人感动，是因为他忍住失去亲人的伤痛，默默地在灾区当志愿者，尽自己的一份力去帮助受灾者。无论一个人的能力是大是小，财富是多是少，只要他胸中有爱，只要他肯去播撒爱，那么他就是一个慷慨、富足的人。♥

乔恩的父亲做的甜品虽然其貌不扬，但却是最受欢迎的，因为他从不做表面文章。

做甜品的原则

文/沈岳明

　　乔恩的父亲经营着一家小甜品店，整天忙忙碌碌的，对顾客总是一副谦卑的样子。乔恩瞧不起父亲对顾客的那副样子，每当父亲让乔恩放学后去甜品店帮忙，她总是拒绝。有时，她实在受不了父亲的唠叨时，就会偷偷溜进店里帮忙。但是，她从来不吃父亲做的甜品，尽管父亲被多次评为"甜品大王"。

　　突然有一天，有两个漂亮时尚的女孩在乔恩父亲的甜品店对面也开了一家甜品店。由于她们的甜品店装饰别致，一时间顾客盈门，而乔恩父亲的甜品店则日渐冷清。一家是落后的传统手工制作，一家是现代化机器工艺；一边是糟老头掌柜，一边是两位青春靓丽的女孩经营，不说顾客了，就连乔恩都想去那两个女孩的店里看看。

　　一年一度的甜品大赛又到了。

乔恩担心父亲与"甜品大王"的称号再也无缘了，可是她父亲一副胸有成竹的样子，还让乔恩当他的助手。

巧的是，最后上台比赛的就是乔恩的父亲和那两个女孩。当他们在台上一亮相，不管是评委还是观众都被那两个漂亮女孩吸引住了。乔恩跟在父亲身后，窘得无地自容。可父亲只管埋头干活，一会儿让她磨豆子，一会儿又吩咐她将蜜糖罐打开。

终于，两家的作品都完成了。两个女孩的作品是电脑雕花西瓜盅，经过调色后冰镇制成，给人一种视觉上的美感。而乔恩父亲的作品虽然并不多姿多彩，但在口感和营养上要更胜一筹，因为他是全手工制作，并且所选的原料全是绿色食品。

当乔恩听到评委宣布比赛结果时，她和其他观众都惊呆了：今年的甜品大王还是乔恩的父亲！观众沉默了三十秒钟后，全场爆发出了雷鸣般的掌声和欢呼声。这时，乔恩看见父亲欣慰地笑了，她紧紧地拥抱着父亲说："爸爸，我们赢了！"

父亲在乔恩的耳边说："乔恩，你听着，不管外表如何美丽，如果没有内涵，持久不了。不管做事还是做人，朴素、真诚永远是我们的原则。" 后来，乔恩成了父亲的接班人，不但继承了父亲做甜品的原则，也继承了父亲做人的原则。

 心灵鸡汤

做生意也要看人品，乔恩的父亲做人踏踏实实，做出的甜品也是货真价实，因此深受人们的欢迎。在生活中，我们做人要有内涵，不能追求华而不实的东西，待人要真诚。只要我们实心实意地对待别人，就会问心无愧。♥

图书在版编目（CIP）数据

培养小学生真诚善良的品德故事／龚勋主编． —汕头：汕头大学出版社，2012.1（2021.6重印）

ISBN 978-7-5658-0520-2

Ⅰ．①培… Ⅱ．①龚… Ⅲ．①儿童故事－作品集－世界 Ⅳ．①I18

中国版本图书馆CIP数据核字（2012）第003488号

培养小学生真诚善良的品德故事

PEIYANG XIAOXUESHENG ZHENCHENG SHANLIANG DE PINDE GUSHI

总 策 划	邢 涛		印 刷	唐山楠萍印务有限公司
主 编	龚 勋		开 本	705mm×960mm 1/16
责任编辑	胡开祥		印 张	10
责任技编	黄东生		字 数	150千字
出版发行	汕头大学出版社		版 次	2012年1月第1版
	广东省汕头市大学路243号		印 次	2021年6月第7次印刷
	汕头大学校园内		定 价	37.00元
邮政编码	515063		书 号	ISBN 978-7-5658-0520-2
电 话	0754-82904613			